홍성암의
소설론 산책

홍성암의
소설론 산책

1쇄 발행일 | 2023년 05월 30일

지은이 | 홍성암
펴낸이 | 정화숙
펴낸곳 | 개미

출판등록 | 제313 – 2001 – 61호 1992. 2. 18
주소 | (04175) 서울시 마포구 마포대로 12, B-103호(마포동, 한신빌딩)
전화 | (02)704 – 2546
팩스 | (02)714 – 2365
E-mail | lily12140@hanmail.net

ⓒ 홍성암. 2023
ISBN 979 – 11 – 90168 – 62 – 5 03810

값 17,000원

소설가의 에세이

홍성암의
소설론 산책

개미

홍성암의 『소설론 산책』은 계간지 《산림문학》에 30여 회에 걸쳐 연재된 글이다. 소설 이론에 대한 기초적 상식과 소설작품의 분석적 해독을 통해서 소설에 대한 이해를 넓히는데 도움이 되기를 바라는 마음에서 집필한 것이다.

소설 이론에 대한 기존의 논저들이 지나치게 현학적이거나 규범적이어서 소설을 공부하려는 초심자들의 접근이 어려운 점을 고려하여 일반인들의 독서 감각에 친근할 수 있도록 그동안 소설을 쓰고 소설론을 강의해온 필자의 경험을 바탕으로 생각한 바를 자유롭게 피력하고자 노력하였다.

그리하여 소설의 이론 부분과 작품의 실제 분석 부분으로 나누어 서술했다. 이론 부분은 논쟁의 가능성을 염두에 두고 화제를 선정하여 해답을 모색하는 방향에서 서술하였고 작품 분석 부분은 유형론과 작품론으로 대별하고 유형론은 우리나라 소설의 다양한 양상을 검토하였고 작품론은 작품 서술양상을 파악하는 방향에서 검토하였다. 텍스트로 주로 장편소설을 사용했는데 이는 우리나라 소설의 발전 방향을 제시하기 위한 노력이기도 하다.

부록으로 단편소설 「형과 형수」를 수록한 것은 소설 이론편을 읽을 때 텍스트로 활용될 수 있기를 바라는 마음에서다.

홍성암의 『소설론 산책』은 소설의 이론에 접근해 보고자 하는 일반 교양인들이나 소설을 실제로 써보고자 하는 습작기의 문학도들에게 도움이 되기를 바란다.

2023년 5월
홍성암

차례

소설 일반론

소설 유형론

소설 작품론

부록

소설 일반론

소설은 왜 쓰는가?

　소설을 쓰고자 하는 사람에게 문득문득 떠오르는 것은 소설은 필요한가? 하는 의문이다. 이는 동시에 소설은 왜 쓰는가? 에 대한 의문으로 연결된다. 과거에도 그러했지만 현재에도 서점에 가장 많이 진열되어 있는 책이 소설이다. 베스트셀러라는 이름으로 제일 눈에 잘 띄는 곳에 진열되어 있는 것도 대부분 소설이다. 문제작이라 하여 신문의 문예란이나 TV의 독서광고에서도 상당한 부분을 차지하는 것이 소설이다.

　그러나 그것은 극히 일부 작가의 작품에 한정된 경우가 대부분이다. 실제로는 대부분의 소설이 독자에게 거의 알려지지 못하고 사라지는 경우가 많다. 상당수의 작가들은 스스로 출판비를 부담하면서 소설을 출판한다. 이른바 자비출판이다. 오랜 문학수업과 심혈을 기울여 쓴 소설이 대중의 관심을 끌지 못하고 그냥 사라지는 경우가 대부분이지만 그럼에도 작가들은 열심히 소설을 쓰고 있다. 엄청난 열정과 오랜 시간의 투자가 헛되게 소비되는 것을 체험하면서도 여전히 소설을 쓰고자 한다. 그러면서 문득문득 떠오르는 의문을 피할 수 없다. 이 세상에서 소설은 필요한 것인가? 나는 소설을 써야 하는 것인가? 하는 회의다.

"임금의 귀는 당나귀 귀"라는 설화가 있다. 신라 경문왕은 귀가 당나귀 귀처럼 매우 길었다고 한다. 그래서 복두로 늘 귀를 가리고 생활했는데 이발을 하게 될 경우에는 어쩔 수 없이 귀를 노출해야 한다. 임금은 이발을 끝낸 다음에 이발사를 죽여서 자신의 신체적 비밀이 밖으로 새지 않게 했다. 그 비밀이 일반 백성에게 퍼졌을 때 통치자로서의 위엄을 잃을까 두려워했다.

그런데, 한 번은 죽게 된 이발사가 애원을 했다. 자신이 죽는 것은 어쩔 수 없는 일이지만 나이 든 노모를 모시고 있어서 자신이 죽으면 노모도 굶어 죽을 수밖에 없는 형편임을 아뢰고 절대로 자신의 입에서 비밀이 밖으로 새지 않게 하겠다고 맹서하고 목숨만은 살려주기를 애원했다. 임금도 자신의 신체적 비밀만 보장된다면 무고한 백성을 죽일 이유가 없었다. 그래서 절대로 그런 사실을 발설하지 않겠다는 다짐을 받고 이발사를 고향으로 돌려보냈다.

이발사는 한동안 잘 참았다. 임금의 귀에 대해서 발설하는 순간 자신의 목숨이 없어진다는 것을 잘 알고 있었기 때문이다. 그러니 비밀을 발설하여 목숨과 바꿀 이유가 없었던 것이다. 그렇게 몇 달이 지나자 이발사의 몸에 이상이 나타나기 시작했다. 배가 자꾸만 불러 오는 것이다. 음식 때문인가 싶어서 몇 날을 굶어 보기도 하고 의원을 찾아가 약을 지어 먹기도 했지만 모두 소용이 없었다. 시간이 지날수록 배는 더욱 부풀어 올라 바람 든 풍선처럼 탱탱해지고 점차로 숨을 쉬기에도 힘들었다.

그리하여 거의 죽게 되었을 때, 용하다는 무당을 찾아가 점을 치게 되었다. 무당이 말했다. "당신의 배가 그처럼 부풀어 오른 것은 마음속에 하고 싶은 말을 내뱉지 못하기 때문이요. 그러니 하고 싶은 말을 다 하게 되면 병이 나을 것이요."

그러면서 방법을 일러 주었다. "모두 잠든 깊은 밤에 깊숙한 외진 산골로 가면 거기에 둥치에 구멍 뚫린 고목이 있을 것이니 그 고목의 구멍에다 하고 싶은 말을 모두 하도록 하오."

이발사는 어차피 죽을 몸이라 생각하고 무당이 일러준 대로 깊은 산속 외진 곳에 있는 고목의 구멍에다 대고 "임금의 귀는 당나귀 귀"라고 밤새 외치게 되었다. 그 순간 풍선처럼 탱탱하던 배의 바람이 빠지고 몸이 개운해지며 병이 말끔히 낫게 되었다.

그런데 문제는 그다음에 생겼다. 깊은 밤, 거센 바람이 불 때면 그 바람이 고목의 구멍을 통해 밖으로 나오면서 이발사가 외친 것을 그대로 따라 외치는 것이다. 그래서 순식간에 나라 백성들은 임금의 귀가 당나귀 귀처럼 생겼다는 것을 모두 알게 되었다. 임금은 노발대발하여 이발사를 잡아오게 하여 자초지종을 듣게 되었다.

이발사의 발설은 살기 위한 부득이한 것이었다. 또한 지금에 이르러서는 나라 사람이 다 알게 되니 그를 처벌한다고 해도 실익이 없었다. 그래서 임금은 이발사를 놓아주게 하고 자신도 새삼 귀를 감출 이유도 없게 되어 복두로 가리는 것도 그만두었다고 한다.

이런 설화는 서양에도 있다. 그리스 신화에 나오는 이야기는 고목의 구멍이 아니라 강변의 갈대숲으로 되어 있다. 그래서 바람이 갈대숲을 지날 때마다 갈대숲에서 "임금의 귀는 당나귀 귀"라는 외침이 바람을 타고 멀리멀리 퍼지게 되는 것이다.

이 설화는 소설의 발생적 필요성을 언급한 중요한 의미를 지닌다. 즉 소설은 필요한가에 대한 대답을 주고 있기 때문이다. 인간은 자신

홍성암의 소설론 산책

이 알고 있는 바를 표현해야 하는 동물이다. 표현하지 않으면 살 수 없는 동물이다. 인간의 표현 욕구는 본능적인 것이다. 인간은 배가 고프면 밥을 먹어야 하고 목이 마르면 물을 마셔야 한다. 배변의 욕구, 성욕의 욕구처럼 그런 것들은 억제하기 어려운 본능적인 욕구에 속한다. 마찬가지로 인간은 보고 듣고 아는 바를 말하지 않으면 견딜 수 없는 동물이다. 말하지 않으면 병이 난다. 경우에 따라서는 죽게도 된다.

이 설화의 주인공인 이발사의 경우가 그것을 잘 대변한다. 이발사는 자기가 알고 있는 바를 발설하지 않기 위해서 매우 노력했을 것이다. 그것은 자신의 생명과 관계되기 때문이다. 그러나 시간이 지날수록 이발사는 참을 수 없는 지경에 빠진다. 병이 날 정도다. 그는 참지 못해 자신과 가장 가까운 사람에게 사실을 말했을 것이다. 자신의 어머니일 수도 있다. 비밀이 절대로 새 나가지 않을 사람으로 여겨서다. 그런데 그 사실을 전해 들은 그 어머니도 더 이상 참을 수 없는 지경에 이른다. 어머니는 가장 가까운 동기인 여동생에게만 몰래 그 사실을 들려주었을 것이다. 그리고 그 이야기는 여동생의 남편에게. 그런 식으로 그 사실은 이웃과 마을, 그리고 이웃 마을로 퍼져 나갔을 것이다.

이 설화가 제기하는 중요성은 그것의 결과다. 이발사의 경우 진실의 발설은 곧 그의 생명과 맞바꾸는 것이다. 진실을 발설하느냐 아니면 죽음을 택할 것인가? 인간은 진실을 말하기 위해서 죽음도 불사한다. 임금은 처음엔 분개했겠지만 이발사로부터 자초지종을 듣고 난 후에 그의 입장을 이해하게 된다. 이발사의 선택이 부득이한 것이라고 동의한 것이다.

그것이 인간의 본능이고 속성이란 것을 이해한 것이다. 임금이 자신이 감추고자 했던 신체적 불구를 드러내므로 해서 그 자신도 신체적 불구에 대한 강박관념으로부터 자유롭게 될 수 있었다. 진실은 때로는 불편하고 때로는 자신에게 불리할 수도 있지만 영원히 숨길 수 없는 종류라고 할 수 있다. 그런 거짓의 속박에서 벗어나는 길이 인간을 자유롭게 하는 길이며 정상적인 삶을 누릴 수 있도록 하는 길이기도 하다.

이 설화는 소설이 필요한가에 대한 해답이 된다. 설화가 소설의 전단계 문학이고 현재의 소설은 설화와 전승관계가 된다. 그런 점에서 이 설화는 소설이 필요한가에 대한 의문을 설화로 해답한 것이다. "임금의 귀가 당나귀 귀"라는 사실(진실)은 어떤 억압적인 힘(권력)으로도 숨길 수 없다. 그것은 드러나기 마련이며 그리고 권력자는 그런 사실을 받아들여야 한다. 그리고 그런 진실의 표현은 인간의 참된 가치를 드러내는 일이기도 한다. 이때 동원되는 말의 위대함을 우리는 의식하지 않을 수 없다.

기독교의 성경 요한복음은 "태초에 '말씀'이 계시니라."로 시작된다. 이어서 설명되기를 이 '말씀'이 곧 하느님이시며 만물은 이 '말씀'에 의해서 창조되었다고 설명한다. '말씀'이 곧 생명이며 '말씀'이 육신이 되어 우리 가운데 보내진 이가 예수라고 덧붙인다. 우리는 이 성경 구절의 정확한 의미를 잘 알지 못한다. 그러나 '말씀'의 위대함에 대해서 새삼 주의를 기울이지 않을 수 없다. 사람은 "빵만으로 살 수 있는 것이 아니며 하느님의 말씀으로 산다."는 성경 구절도 우리에게 시사하는 바가 크다.

소설은 이야기 문학이다. 말로 표현되는 문학이다. 그리고 그 말은 인간을 움직이고 인간이 지배하는 세계를 움직인다. 인간은 숨을 쉬지 않고 살 수 없듯이 알고 있는 바를 표현하지 못하면 제대로 살지 못한다. 사실을 사실 그대로 또는 진실을 진실 그대로 표현해야만 살 수 있는 동물이다. 그런 말이 이야기의 형태로 나타난 것이 설화요 소설이다. 그런 점에서 소설은 필요한가에 대한 해답이 나오게 된다. 인간이 제대로 존재하기 위해서는 말이 필요하고 그 말이 육신을 가진 형태인 이야기가 필요하다. 즉 소설이 필요한 것이다. 소설이 필요하다면 소설은 써지게 마련이다. 소설가가 소설을 쓰게 되는 이유가 바로 이런 인간의 본능적 욕구에 부응하는 것이라고 할 수 있다. 그리고 이 본능적 욕구는 인간 사회를 바르고 건전하게 만들어 가는 핵심적인 요소가 된다.

우리는 과거에 소설가가 겪었던 필화사건에 대해서 알고 있다. 솔제니친이 공산독재시절 소련에서 추방된 이유도 『암병동』 같은 소설 때문이다. 공산독재의 소련 사회상을 『암병동』으로 비유하여 소설로 쓴 것이다. 그는 노벨상을 받았지만 소련 공산당으로부터 추방을 당해야 했다. 그는 소련의 독재사회를 글로 써서는 안 된다는 것을 알고 있었다. 그러나 쓰지 않을 수 없었다. 진실을 외면하거나 감출 수 없었다. 그런 점에서 그의 글쓰기는 목숨과 바꾸는 작업이기도 하다. 설화에 나오는 이발사와 같은 입장이다. 소설가는 이런 진실을 외면할 수 없기 때문에 소설을 쓴다. 돈이 되지 않아도 명예가 되지 않아도 써야 한다. 그것이 참된 삶의 모습이며 인간으로서의 의무이기 때문이다.

소설은 거짓으로 꾸민 이야기인가?

소설의 속성을 말하면서 가장 자주 언급되는 것이 소설이 가공(架空)의 세계를 다루고 있다는 점을 든다. 여기서 가공(架空)이란 실제의 세계가 아니고 꾸민 이야기란 뜻이다. 서구적인 표현을 사용하면 픽션(fiction)의 세계다.

한 예로 여기 이야기를 즐기는 나무꾼이 있다고 하자. 그는 산에 나무하러 갈 때마다 산속에서 도깨비를 만난다고 거짓말을 한다. 그 도깨비가 노래를 들려주기도 하고 재미있는 이야기를 들려준다고도 한다. 그런 이야기로 주변 사람들을 즐겁게 한다. 그래서 이웃 사람들은 나무꾼 만나기를 즐거워한다. 그리고 다음번엔 또 무슨 그럴듯한 말로 도깨비 이야기를 들려줄 것인지 기대하게 된다. 그런데 그 나무꾼은 어느 날 진짜로 도깨비를 만나게 된다. 마을 사람들이 오늘은 무슨 일이 있었느냐고 묻자 나무꾼은 오늘은 도깨비를 만나지 못했다고 입을 다물고 말았다. 나무꾼의 그런 식의 이야기가 소설적 속성이다.

여기서 소설은 실제의 세계가 아니라 꾸민 상상의 이야기란 사실을 발견하게 된다. 그래서 부담없이 듣고 즐길 수 있다. 소설 속의 작중인물이 매우 어려운 역경에 처하고 그 고통이 매우 심각하다 하더라도 실제가 아니기 때문에 독자는 작중인물의 고통을 자신의 것으로 수용하지 않아도 된다.

이런 허구적 특성을 독자들이 모두 인정하고 있기 때문에 작가는 매우 자유롭게 자신의 상상을 끝없이 확대할 수 있다. 또한 과장할 수 있고 기상천외의 생각으로 비약시킬 수도 있다. 현실에서는 도저히 일어날 수 없는 엽기적인 일들도 가능하다. 이런 종류의 이야기는 어떤 형식이든 듣는 이를 즐겁게 한다. 이는 인간이 이야기적 동물임을 의미하기도 한다.

중국의 4대 기서(奇書)가 있다. 그중의『삼국지』는 역사 이야기로서 역사적 사실을 바탕으로 하고 있다.『수호지』는 양산박 도둑들의 이야기다. 양심보다는 주로 의기로 뭉쳐진 도둑질 행각이 중심이 된다.『금병매』는 서문경이란 인물의 여색을 다룬 것이다. 온갖 수단방법을 가리지 않고 여자를 탐한다.『서유기』는 손오공이란 신출귀몰의 주인공을 설정해서 온갖 신기한 일들이 가능하게 한다. 이렇게 제각기 다른 종류의 이야기들이 제 나름의 방법으로 이야기되는 것을 사람들은 즐긴다.

그런데 이런 엉뚱하고 괴기한 이야기 속에서 우리는 뜻밖의 복병을 만난다. 즉 진실을 만나게 된다. 그리고 그렇게 만나는 진실은 실제보다 더 진실답다는 느낌을 줄 수도 있다. 가령 우리의 초창기 한글 소설인 허균의『홍길동전』은 그 구성이 기상천외하다. 홍길동이 8도에 8명이 동시에 나타난다든지 둔갑술을 부려서 하늘을 난다든지 하는 것들이 그것이다. 이는 고전소설의 일반적인 양식이기도 하다. 그런 기상천외함에도 불구하고 "적서의 차를 없애야 한다."는 주

제적 주장은 누구나 부정하지 못하게 된다. 즉『홍길동전』의 구성의
허무맹랑함에도 불구하고 "모든 인간의 신분은 평등하다."라는 주장
은 설득력을 지니게 된다. 그런 설득력이『홍길동전』의 사회적 파급
효과를 높이게 되는 것이다.

우리나라 최초의 소설이라고 하면 흔히 김시습의『금오신화』를 꼽
는다.『금오신화』에는 5편의 작품이 실려 있는데 모두 귀신 이야기
이고 사랑 이야기다. 김시습은 우리나라 당대 제일의 지식인이다. 그
가『금오신화』를 쓴 것은 그의 학문적 또는 사상적인 완숙기인 40대
중반으로 여겨진다. 흔히 동양사상의 진수라고 불리는 유불선, 곧 유
교, 불교 도교에 정통했던 김시습이 이런 종류의 글을 쓴 까닭은 무
엇인가?

『금오신화』의 내용은 '풍류(風流)'라는 한마디로 정리할 수 있다.
여기서 풍류는 단군 때부터의 한국 고유신앙이다. 인간 행복의 기준
을 남녀의 사랑에 초점을 맞춘 것이다. 이것은 유교적 덕목이 사회의
주류를 이루던 당시로서는 도저히 주장되기 어려운 사상이다. 그러
나 인간의 보편적 삶의 양태는 특정 사상에 구속되기보다 본능적인
욕망과 전래적인 관습의 틀 속에 자연스럽게 행동되어지는 경우가
대부분이다. 그리고 우리의 경우 단군 이래로 전해져 온 풍류라는 고
유사상이 있었다. 즉 인간의 행복을 풍류를 통하여 구현하려고 했던
것이다.

김시습이『금오신화』를 통하여 실현하려고 했던 것이 바로 풍류의
실현이다. 죽은 귀신과의 사랑 이야기를 통해서 인간의 진정한 행복
은 남녀 간의 사랑 속에 있는 것이고 그 사랑은 사회적 신분을 뛰어

넘는 것이다. 우리는 이 작품을 통하여 전통적인 한국 여성의 성적 담대함과 자유분방함을 엿볼 수 있고 그것이 당대의 이상임을 아울러 알게 된다. 우리는 귀신 이야기를 통해서 인간의 참된 행복이 무엇인가를 발견하게 되는 것이다.

여기서 소설의 허구성(虛構性), 곧 픽션(fiction)의 개념에 대해서 다시 한 번 생각해 보게 된다. 소설의 픽션은 거짓으로 꾸민 이야기이긴 하지만 거짓 또는 허위(false)라는 개념과 혼동되어서는 안 된다는 점이다. 즉 소설에서 말하는 허구란 작가가 진실을 전달하기 위한 일종의 방법으로 인식해야 한다는 점이다. 허구는 작가가 자신의 작품에 박진감과 현장감을 주기 위한 일종의 장치(device)인 것이다. 소설에서의 허구는 현실감을 보다 효과 있게 전달하기 위한 구성 방법이며 진리와 진실을 전달하기 위한 서술 요령이다.라고 파악하는 것이다.

소설은 미적 감동의 전달이라는 본질을 지니고 있다. 그러기 위해서 형식적인 틀을 자유롭게 만들 수 있다. 문학에서 가장 자유로운 형식이 가능한 것이 소설이다. 이 말은 다른 표현을 빌리자면 감동을 극대화하기 위해서는 소설은 어떤 방법론도 허용된다는 의미이기도 하다. 소설에서의 허구는 이런 필요성 때문에 허용되는 것이다. 그런 점에서 소설에서의 허구는 현재적 사실이나 역사적 증거를 보다 근본적인 미학적 진실과 결합시키기 위하여 또는 그러한 지식과 정보를 독자에게 생생하게 전달하고 체험시키기 위하여 반드시 필요한 요소라고 하겠다.

소설의 인물은 사람인가 말인가

소설을 쓰려고 할 때 첫 단계가 인물의 설정이라고 할 수 있다. 소설은 어떤 인물의 생활상을 서술하게 된다. 사건을 전개시켜 나가는 주체가 작중인물이다. 즉 어떤 사건이 일어났을 때 그 사건을 '누가' 일으켰는가에 대한 의문이 뒤따르게 되는데 그 '누구'에 해당하는 것이 인물이다.

소설의 성격이 가장 다양한 소설로 흔히 『삼국지』를 거론한다. 조조나 유비 같은 인물들이 모두 뚜렷한 개성을 지니고 그 개성에 맞는 적절한 행동을 하게 되고 그것이 여러 운명적인 사건으로 얽히게 된다. 장비가 장판교에서 조조의 백만 대군을 상대로 홀로 버티는 대목은 참으로 장비답다는 생각을 하게 한다. 그런 무모함과 만용이 장비다운 성격을 형성한다. 『삼국지』의 위대함은 이런 다양한 성격의 창조에서 찾게 된다.

소설을 읽는 재미는 작중인물의 사고와 행위에 귀결된다. 작중인물의 사고와 행위의 인과로 일어나는 각종 운명적 사건들이 독자의 흥미와 박진감을 유발한다. 그런데 오랜 세월 소설이 되풀이 창작되는 과정에서 더 이상의 새로운 성격이 창조되기 어렵지 않겠느냐는

홍성암의 소설론 산책

의문도 제기된다. 지금 창작되고 있는 인물의 성격은 그 작가가 미처 깨닫지 못할 뿐이지 이미 만들어진 기존적인 것일 수 있다. 동서양의 수백 년 동안 존속된 서사문학의 주인공들의 다양함 속에서 아직 창조되지 않은 성격이 가능할 것인가?

이런 의문 때문에 나는 한때 창작의 가치에 대해서 많은 회의를 하기도 했다. 이미 남들이 이루어 놓은 성과를 복제하는 일에 심혈을 바칠 필요가 있을 것인가 하는 회의다. 그래서 한때 작중인물이 없는 소설을 써 보려는 노력을 하기도 했다. 새로운 소설을 쓰기 위한 발상의 전환으로 아예 작중인물이 없는 소설을 써 보려는 것이다. 그러나 그것은 의욕만이고 실제로 그런 작품은 써지지 않았다. 아니 작중인물이 없는 소설은 이미 소설의 장르를 벗어나는 것이다. 즉 소설이 아닌 것이다.

오늘날 리얼리즘 소설에서는 인물을 소설의 가장 중요한 요소로 인식하고 있다. 과거의 로망스와 같은 서사문학에서는 작품 내용이 주로 영웅적 모험 이야기여서 호기심을 자극할 수 있는 플롯에 역점을 두었었다. 그러나 근래의 소설은 "삶의 성찰"이란 명제에 보다 치우쳐 있어서 인물의 행위와 사고에 기인하는 성격 창조를 매우 중요하게 여긴다. 그러므로 소설이 잘되고 못되고의 기준으로 성격 창조의 성공 여부에 둔다. 그런 점에서 소설을 창작한다는 것은 곧 새로운 성격(character)을 창조하는 행위라고 할 수 있다.

그러나 소설에서 형상화된 인물은 실제의 인물이 아니고 언어에 의해서 창조된 인물이다.

그런 점에서 작중인물은 사람인가? 말들인가? 하는 명제에 부딪치게 된다. 어떤 면에서 작중인물이란 언어의 총화라고 할 수 있다. 즉 작품의 언어 속에서만 생명력을 지니는 존재인 것이다. 그렇기 때문에 사회적인 실제 인물의 대충적인 묘사만으로도 그 인물을 충분히 알 수 있을 것같이 예단하는 것은 금물이다. 그 인물의 성격 형상화에 있어서 언어로 표현된 부분만 반영된다. 표현되지 않은 부분은 없는 성격이다.

작가가 작중인물을 형상화하는데 있어서 언어로 표현하지 않고도 대충 짐작되는 것으로 착각해서는 안 된다. 그런 점에서 인물의 형상화는 매우 치밀하고 정교해야 한다. 동시에 전형성(典型性)을 지니어야 한다. 작중인물은 자아가 끊임없이 유동하는 보편성을 지향하는 점에서 어떤 개인이라기보다 집단 속의 대표성 즉 전형(典型)으로 인식하게 된다.

습작기의 작가들이 저지르는 일반적인 오류는 작품의 주인공을 자신의 체험 범주에서 사사화(私事化)하는 것이다. 자신의 구체적 경험에 지나치게 의존하게 되면 사건의 보편성을 잃게 된다. 아리스토테레스가 문학을 역사보다 더 진실에 가깝다고 본 것도 이런 보편성의 원리 때문이다.

우리의 고전인 『춘향전』이 많은 독자들에게 사랑받는 이유는 열녀 춘향의 일편단심과 더불어 이도령이나, 변사또, 향단이나 방자, 월매에 이르기까지 그 인물들의 전형성에서 찾게 된다. 변사또가 인자하거나 기생 출신 월매가 고상하면 전형에서 벗어나게 된다. 즉 이들 인물은 그 시대의 신분을 대표하는 성격들인 것이다. 그렇기 때문에 이들 인물의 속성을 표현할 때도 전형의 틀 속에서 형상화하여야 한다.

특히 이들 인물이 전형성을 획득하기 위해서는 극단적으로 과장되어야 한다. 변사또는 극단적으로 포악해야 하고 춘향의 일편단심은 어떤 어려움에도 흔들림이 없어야 한다. 이런 극단적인 과장 속에서 형성된 성격은 특정 개인의 성격이 아니라 그 시대의 한 면모가 된다. 그리고 그것을 일반화하면 우리 시대의 여러 성격 중의 뚜렷한 개성을 지닌 어떤 유형이 된다. 즉 독자들이 자기 자신의 모습을 찾아 볼 수 있게 된다. 일찍이 포스터는 인물 설정과 관련하여 다음과 같이 지적한 바가 있다.

"작중인물은 우리 자신과 마찬가지로 많은 경우에 비슷하다. 그들은 그들 자신의 삶을 살고자 한다. 그리하여 자주 소설에서의 진행에 대하여 배반을 꾀한다. 그들은 작가로부터 달아나려하고 그 손아귀에서 벗어나려고 한다. 즉 그들은 그들 자신의 창조적 삶을 창조하고자 하는 것이다. 그래서 가끔 작품 구성에 부조화를 가져오기도 한다. 만약 작가가 등장인물에게 무한 자유를 주게 되면 그들은 작품 자체를 파괴하려 든다. 그렇다고 지나치게 통제를 하게 되면 작중인물들은 스스로 죽어서 작가에게 복수하거나 아니면 내장이 썩어서 스스로를 파괴한다."

이러한 지적은 작중인물이 일단 작품으로 형상화되면 작품 자체의 구조 속에서 생명이 주어지기 때문에 작가의 처음 의도와는 다르게 형상화되기도 한다는 것을 비유적으로 표현한 것이다. 작가는 작의적으로 작중인물들을 창조하려고 하기보다 작중인물이 작품의 구조와 질서에 충실하고 또한 조화를 이루도록 형상화하여야 한다.

작품을 쓰다 보면 처음 의도했던 것과는 전혀 다른 인물 성격이 만들어지기도 한다. 이는 작중인물이 작가에 의해 창작된 것이지만 작품의 구조 속에서 스스로 살아 있는 자족적 성격을 지니고 있음을 드러내는 말이기도 하다. 바꾸어 말하면 『춘향전』의 경우 누가 창작해도 변사또는 탐관오리의 전형이 되어야 한다는 말이기도 하다. 작중인물은 작품이 창작된 그 시대상을 나타내는 전형이 되어야 하기 때문이다.

이렇게 설정된 인물은 현실적 인간의 여러 유형을 기본적인 토대로 하여 다양한 분류가 가능하다. 심리학적인 관점에서 주관형과 객관형, 응집형과 역동형 등으로 구분하기도 하고 구체적 성향과 추상적 성향 또는 외향성과 내향성 혹은 행동형과 사색형 등으로 나누기도 한다.

니체는 문화를 체험하는 양식을 기준으로 삼아서 인물 유형을 아폴로적인 것과 디오니소스적인 것으로 나누었다. 그는 불완전한 일상생활과 대치되는 상태 속에서의 고차적인 진실성을 아폴로적인 것으로 보고자 했고, 자기 망각적이며 주정(酒酊)과 신비로운 자기 몰각(沒覺)의 상태를 디오니소스적인 것으로 보고자 했다. 프로이드는 정신분석학의 이론에 따라서 오이디푸스 콤플렉스형과 엘렉트라 콤플렉스형 등으로 나누기도 하고 성적 충동의 극복방법에 따라 사디즘형과 마조히즘형으로도 분류하기도 했다.

히포크라테스(Hipokratass)는 인간의 체질을 기준으로 4개의 성격 유형을 제시한 바가 있다. 즉 다혈질, 우울질, 담즙질, 점액질이 그것이다. 다혈질은 온정적이고 사교적이며 정서적인 성격이다. 쾌할하고 잘 흥분한다. 반응이 빠르지만 그리 오래 지속되지 않는다. 우울질은 정서가 느리고 조용하다. 보수적이며 신경질적으로 반응하는 경향이다. 몸이 약하고 침울한 성격 유형이다. 담즙질은 쉽게 노하고 흥분이 빠르다. 일에 의욕적이고 성급하다. 용감하고 호걸풍의 성격이다. 점액질은 냉담하고 정서가 느리고 약하다. 반응이 둔감한 편이나 인내심이 강하다. 비만형에 많다.

포스터는 인물의 유형을 평면적 인물(flat character)과 입체적 인물(round character)로 나눈다. 평면적 인물은 단일한 사상이나 특질을 중심으로 드러나는데 그 인물은 쉽게 인지되고 독자가 비교적 오래 기억할 수 있는 이점이 있다. 평면적 인물은 환경의 변화에 의해 변화되지 않으며 따라서 항상 독자의 마음속에 남아 있어서 작품이 끝나고도 오래 기억되는 장점을 지닌다. 그러나 사건의 전개과정에서도 발전을 보이는 바가 없기 때문에 틀에 박힌 인물, 진부한 인물로 인상되어질 우려를 남기게 된다.

이에 비하여 입체적 인물은 여러 상황에서 자기 성격의 여러 면을 모두 드러내며 사건의 진전에 따라 인물도 함께 발전하는 양상을 보여준다. 그런 점에서 발전적 인물, 동적 인물이라 명명하기도 한다. 입체적 인물은 사건의 변화에 대응하여 자신의 새로운 면모를 보여줌으로써 독자에게 경이의 감정을 불러일으킨다. 따라서 입체적 인물과 평면적 인물의 차이점은 '경이감'을 주느냐 못주느냐에 달려 있다. 그런 점에서 포스터는 입체적 인물 유형을 평면적 유형보다 바람직한 양상으로 파악한다.

프라이는 소설의 유형을 다섯 가지로 분류했다. 이는 고대의 희극과 비극의 인물에서 소설적 인물의 원형을 탐색해 본 것이다.

*아라존(alazon, 사기꾼) : 화를 잘내고 남에게 공갈, 협박을 잘하는 인물이다. 이들 인물은 다른 일면으로는 강박관념을 지니고 있으면서 남에게 곧잘 속아 넘어가기도 한다. 이런 유형의 인물은 로맨스의 악마적 인물에 가깝다.

*에이론(eiron, 자기 비하자) : 주인공의 승리를 가져오기 위해 음모를 꾸미는 그런 플롯에서 흔히 발견되는 인물이다. 이런 유형의 인물은 교활한 하인, 꾀 많은 노예 등의 형태로 나타난다. 방자형(房子型) 소설'에서 방자의 역할이 이에 해당된다. 이때 아라존은 예정된 희생물이라면 에이론은 예정된 예술가로 볼 수도 있다.

*보몰초이(bomolchoi, 익살꾼) : 작품 전체의 구성과는 별 관계없이 즐거움의 분위기만 돋우어 준다. 팔푼이, 광대, 시동, 엉터리 가수 등의 형태로 드러난다.

*아그로이코스(agroikos, 촌놈) : 인색하고 속되고, 깐깐한 성격의 유형이라고 할 수 있는데 이런 유형의 인물은 즐거운 분위기를 파괴해 버리고 재미있는 분위기에 찬물을 끼얹는 역할이 주어진다.

*파르마코스(pharmakos, 속죄양) : 희생양(scape goat)으로 번역되는 인물 유형으로 상황에 대한 무지로 말미암아 결국 희생물로 전락해 버리는 인물이다. 주로 가정 비극에서 많이 나타나는데 톨스토이의 『부활』에 나오는 여주인공 테스나 호돈의 『주홍글씨』에 나타나는 여주인공과 같은 유형이다. 근래에는 개인뿐 아니라 하나의 집단으로 표출되기도 하는데 박해받는 유대인이나 흑인, 또는 일제시대의 우리 민족이나 현대의 낙오계층으로 볼 수도 있게 된다.

인물 설정의 방법으로는 해설적 방법과 극적 방법의 두 경우를 상정하는 경우가 많다. 해설적 방법은 인물의 특색을 요약해서 설명하는 직접적인 방법이다. 이에 비하여 극적 방법은 행동이나 대화를 통하여 성격이 드러나게 하는 간접적 방법인 셈이다.

해설적 방법은 작가가 인물의 속성을 열거하고 그 인물의 장단점에 대해서 꾸밈없이 서술해가므로 독자가 쉽게 이해할 수 있다. 그러나 지나치게 기계적이고 단순하여 독자의 상상적 참여를 방해하게 되는 단점도 있다.

극적 방법은 연극에서 인물들이 관객에게 보여지듯이 말과 행동으로 스스로를 드러내 보이는 방법이다. 작가의 개입을 줄이고 직접 독자에게 보여지는 것이므로 독자가 인물을 바르게 파악할 수 있는 기회의 폭을 넓히게 된다. 그러나 직접적인 설명이 생략되기 때문에 때로는 덜 경제적이라는 점이 지적되기도 한다.

매콜리와 래닝(R.Macauley & G.Lanning)은 인물의 구성 방법으로 다음의 몇 가지를 제시했다.

①육체적인 외모 ②동작, 제스처, 버릇, 습성 ③타인에 대한 행동 ④말씨 ⑤자신에 대한 태도 ⑥그 인물에 대한 타인들의 태도 ⑦물질적인 환경 ⑧과거 ⑨이름 또는 비유 등의 외변(外邊) 기법 ⑩의식의 흐름 기법

이 중에 ①항에서 ⑨항까지는 관례적으로 행해져 오던 방법으로 주로 외면적 기법에 속한다면 ⑩항의 경우는 현대에 와서 많이 취급되는 내면적 기법이라고 할 수 있다. 의식의 흐름 기법은 인물의 내면 의식을 순간적으로 포착하고 그것을 그대로 표현함으로써 인물의 성

격화에 도움이 되고자 한다. 인간의 마음은 고정되어 있는 것이 아니라 수시로 변한다. 즉 사람의 마음속에서 끝없이 유동하는 생각과 이미지와 감각과 기억과 직감의 흐름을 표현하고자 하는 것이다. 그리하여 그 인간의 과거와 현재와 미래는 물론 눈앞의 장소와 함께 멀리 떨어진 장소까지도 한데 끌어 모은다.

소설의 유기체적 특성과 플롯

소설은 삶에 대한 깨달음을 준다는 점에서 철학과 비슷하고 교훈을 준다는 점에서 윤리와도 비슷하다. 그리고 한 개인의 삶을 다루고 있는 점에서는 전기(傳記)의 속성을 지니기도 한다. 그러나 소설은 철학이나 윤리, 또는 전기와 전혀 다르다. 소설은 소설만이 지니는 미학이 따로 있다. 소설의 감동은 소설을 귀납적으로 체험했을 때만 가능하다. 특정 이론으로 설명되는 종류가 아니다. 일부 비평가의 평설을 대하면서 소설의 본질과는 거리가 있다고 느껴지는 경우가 많은데 이는 소설이 결코 이론의 종합체계가 아님을 뜻하는 것이다.

소설은 소설만이 지니는 유기체적인 특성을 지닌다. 여기서 유기체란 살아 있는 생명체란 말과 유사하다. 하나의 생명체가 세포분열을 통하여 점차로 완성되듯 소설도 창작과정에서 그런 단계를 밟게 된다. 작가에 의해서 창작되기는 하지만 작가의 의도를 벗어나서 스스로 만들어지는 부분도 존재한다. 그렇기 때문에 소설가는 자신이 소설을 인위적으로 만들고 있다기보다는 출산을 앞둔 산모가 신의 섭리에 순응하고 있다고 생각하는 것처럼 태어나려는 작품을 위해서 헌신하고 있다는 의식을 지닐 필요가 있다.

소설의 유기체적 특성을 저해하는 일부 소설을 발견하게 된다. 그 중의 하나가 작품의 서두를 읽으면서 결미가 뻔하게 들여다보이는 경우다. 작가가 소설의 유기체적 속성을 인지하지 못하고 사회적 관습의 틀에 소설을 가두어 두었기 때문이다.

조금 다른 경우지만 작가의 목적에 기여하도록 내용을 지나치게 조작한 경우도 그렇다. 이런 조작을 치밀한 구성의 결과라고 착각해서는 안 된다. 소설은 유기체적인 생명을 지닌 종류여서 작가의 의도와는 전혀 다른 방향으로 발전할 수도 있다. 그런 점에서 작품을 대하는 작가의 태도가 보다 진지해야 함을 강조하게 된다.

이런 소설의 유기체적 특성을 살려서 소설을 소설답게 만들어가는 과정이 플롯이다. 플롯(plot)은 소설의 구성, 또는 이야기의 짜임새로 알려져 있다. 흔히 건축에 있어서 설계에 비유하기도 한다. 플롯은 소설의 여러 요소들을 서로 밀접한 관계로 결합시키고 질서 있는 체계로 정리하여서 하나의 이야기로 완결시키는 역할을 한다.

일찍이 아리스토테레스는 플롯을 '행동의 모방' 또는 '이미 행하여진 사건의 결합'이란 말로 표현하였다. 이는 문학이 우주의 모방이란 측면에서 살핀 것이라고도 볼 수 있는데 플롯은 인간의 보편적 삶의 모습을 그대로 묘사하는 행위라고 본 것이다. 이때의 모방은 보편적이고 일반화된 삶에 대한 것이다.

플롯은 창작 행위에 있어서 가장 핵심적 요소다. 소설을 창작하는 행위는 어떤 점에서 세계의 무한한 우연성으로부터 추출된 소재들을 인과 관계에 의한 결합으로 엮어서 종합적 전일체(全一體)를 만들어 내는 작업이라고 할 수 있다. 이러한 과정에서 특수한 성격이나 사상이나 행동을 종합하고 예감을 불러일으키도록 작품을 조직하는 것이 플롯의 임무라고 할 수 있다.

플롯은 경험의 의미화를 뜻한다. 실제의 사건은 감정적으로 중립적일 수 있다. 거기에 플롯을 가함으로써 그 사건을 보다 의미 있게 한다. 그런 점에서 플롯은 언어의 결합에 어떤 의미를 기능하게 하는 명확한 정신적 과정이기도 하다.

플롯은 스토리와 비교할 때보다 분명해진다. 즉 스토리는 이야기 줄거리 자체라면 플롯은 독자가 이야기 줄거리를 알게 되는 경로라고 할 수 있다. 스토리가 이야기의 연대기적 요소라면 플롯은 인과적(因果的)이고 동기 부여적 요소를 지닌다. 플롯은 이야깃거리들이 최대한의 효과와 주제적 흥미를 가져올 수 있도록 그것들을 조직화하는 일보 진전된 정교화 작업이다. 그런 관점에서 포스터의 다음과 같은 구분은 매우 의미가 있다.

*스토리 : 시간의 순서에 따라 정리된 사건의 서술. 왕이 죽고 다음에 왕비가 죽었다.
*플롯 : 인과 관계에 중점을 둔 사건의 서술. 왕이 죽자 왕비는 너무 슬픈 나머지 죽고 말았다.

즉 스토리는 왕과 왕비의 죽음이 시간적 순서에 의한 순차적 사건에 불과하지만 플롯에서는 왕비의 죽음이 왕의 죽음과 인과 관계로 얽혀 있음을 발견할 수 있다. 이런 인과 관계의 연속체가 플롯이다. 노드롭 푸라이는 조금 다른 말로 플롯을 설명한다.

*스토리 : 앞마당에 내던져진 잡초와 돌들

*플롯 : 차창을 통해 시선을 집중시키는 나무들과 집

이런 경우 스토리의 제재들은 앞마당에 던져진 잡초와 돌처럼 우연적인 성격을 지닌다. 그러나 차창으로 바라보는 풍경들은 차창이라고 하는 창구를 통해서 제한적으로 또는 정리된 양상으로 눈에 들어오게 된다. 무질서하게 널려 있는 잡초나 풀과는 전혀 다른 성격이 된다.

이러한 비유들을 통해서 검토할 때 스토리는 개체성을 기본 원리로 하고 있는데 비하여 플롯은 인과 관계에 의한 연속성을 기본 원리로 하고 있음을 살필 수 있게 된다. 즉 플롯은 좁은 의미로 사용될 때는 스토리의 전개 즉 사건과 행동의 구조를 뜻하고 넓은 의미에서는 성격 설정과 배경의 변화까지를 포함한 소설의 모든 설계를 뜻한다.

플롯은 논리적이며 지성적인 측면을 지닌다. 작가는 자신의 작품 위에 군림하면서 최대의 작품 효과를 얻기 위해서 여러 가지 세밀한 장치를 하게 된다. 항상 자신과의 논의를 통하여 순간순간 작품의 방향을 수정한다. 그리하여 그 작품이 작가의 의도에 기여하도록 설계하게 된다. 그러나 매우 치밀하게 설계된 것이라 하더라도 실제 작품의 제작과정에서 플롯은 순간순간 변질하기 마련이다.

결론적으로 플롯은 이야기의 동인(動因)이며 계기적 요소다. 인과 관계를 완결하는 과정(過程)으로서 모든 일이 필연적으로 전개되도록 하는 운동의 원천이다. 또한 하나의 결정적인 감정적 반응을 불러일으키도록 사건들을 한정하고 연속화하는 법칙의 집합이다. 따라서 플롯은 소설의 모든 요소들이 작품의 정수(精髓)로서 공헌할 수 있도록 세심하게 계획되어야 한다.

플롯은 그 속성에 따라서 운명의 플롯, 성격의 플롯, 행동의 플롯 등으로 나누기도 하고 서술방법에 따라 3단계, 또는 4단계 등으로 구분하기도 한다. 아리스토테레스가 비극에는 처음과 중간과 끝이 있다고 한 것은 3단계 구성의 가장 중심 골격이라 하겠다. 이러한 골격에서 변형되어 일반화된 것이 5단계 구성이다. 즉 발단, 전개, 위기, 절정, 결말이 그것이다.

발단은 소설이 처음 시작되는 서두로서 등장인물이 소개되고 배경이 확정되고 사건의 실마리가 나타나게 되는 부분이다. 인물의 기본적 성격과 기본 상황이 제시되어 어느 정도 발단의 윤곽이 잡혀야 한다.

전개는 소설의 모든 것이 복잡해지고 갈등과 분규를 일으키는 단계를 말한다. 사건과 성격은 변화 발전되어지고 배경과 분위기도 역할을 나타낸다. 이 전개 부분은 특히 논리와 리얼리티가 중요시되어야 한다. 전개 부분은 강조의 효과를 나타내기 위하여 사건이나 표현을 반복하기도 하는데 이는 사건에 기여할 수 있는 의미 있는 반복이어야 한다.

위기는 극적 반전(反轉)을 가져오는 계기의 부분이다. 즉 절정을 유발할 수 있도록 전환의 계기를 이루는 부분이기도 하다. 이러한 위기는 갈등의 상승으로 드러나게 되는데 인물의 내적 자아와 외적 자아와의 갈등인 내적 갈등, 인물과 인물 사이, 또는 인물과 환경 사이에서 일어나는 외적 갈등 등이 있다. 이들 갈등은 차례로 중심 갈등에 종속되며 이 중심 갈등은 주제와 긴밀히 연결된다.

절정은 갈등이 최고로 강렬해지고 그 결말이 필연적으로 나오는 순간이다. 절정은 소설의 전체적 의미를 암시하는 키 모멘트(key moment) 혹은 계시의 순간이 나타나는 부분이기도 하다.

결말은 한 편의 작품에서 주인공의 운명이 분명해지고 일의 성패가 분명히 드러나는 해결의 단계가 된다. 어떤 작품에서는 클라이막스에서 대단원이 이루어지기도 한다. 즉 얼키고 설킨 갈등의 양상이 최종적인 설명으로 독자의 궁금증을 풀어주게 된다.

소설이 모두 이러한 질서정연한 전개과정을 거치는 것은 물론 아니다. 특히 의식의 흐름소설이나 현대 안티로망 소설들은 이러한 전개과정을 철저히 무시하는 태도를 보이기도 한다. 그러나 비록 플롯의 전개과정이 논리적이고 유기적이지 못한 작품이라 하더라도 플롯의 구조 자체가 완전히 해체되었다고는 보기 어렵다. 다만 필요에 의해서 어느 정도 변형되었을 것으로 보는 것이 온당하다고 여겨진다.

소설의 문체는 기법인가 내용인가

　우리나라 문학 논쟁에 있어서 가장 많이 알려진 것이 '형식과 내용' 논쟁이다. 1926년 12월부터 1927년 2월까지 당시 대표적인 문학논객인 김기진과 박영희 사이에서 벌어진 논쟁이다. 즉 김기진이 박영희의 소설을 평하면서다.

　"소설이란 한 개의 건축물이다. 기둥도 없이 서까래도 없이 붉은 지붕만 입혀놓은 건축이 있는가" 라고 비판한데 대해서 박영희는 지금은 투쟁기이기 때문에 구성이나 묘사 같은 문학기법보다도 프롤레타리아적 내용 자체가 중요하다고 역설하였다. 이를 '형식과 내용' 논쟁으로 명명하게 된 것이다.

　그러나 이 논쟁은 김기진이 갑자기 패배를 자인하고 사과하는 것으로 일단락되었다. 이는 당시 카프의 핵심 지도층이던 두 사람의 논쟁이 자칫 카프의 분열상으로 비쳐질 것을 우려하여 주위에서 김기진에게 철회를 권고함으로써 이루어진 것이다. 이런 외적 여건에 의한 논쟁의 종결은 많은 아쉬움을 남긴다.

　즉 문학에 있어서 형식과 내용은 매우 밀접할 뿐만 아니라 문학에 있어서 형식과 내용이 이원적인가 아니면 내용이 곧 형식일 수 있는 일원론적인가에 대한 논의는 나름대로 깊이 천착해 보아야 할 과제이기 때문이다. 문학에 있어서 내용이란 형식에 의해 조건되어진다는 것을 고려할 때 내용과 형식이 과연 분리될 수 있는 성질인가에 대한 논의도 필요한 입장이라고 하겠다.

이러한 논의는 소설의 문체에서도 제기할 수 있다. 즉 소설의 문체는 기법인가 아니면 내용인가에 대한 질문이 그것이다. 일반적으로 소설의 내용은 주제나 제재를 일컫는 경우가 많다. 그렇게 될 경우 소설의 구성이나 문체는 기법의 영역이 된다. 좀 더 극단적으로 말하면 소설의 주제를 구현하기 위해서 구성이나 문체가 존재하게 된다. 그런데 실제에 있어서 이런 형식적인 구분이 가능한가에 대해서 의문을 제기하게 된다.

예컨대 하나의 그릇에 설탕물이 담긴 경우와 소금물이 담긴 경우에는 그 형식과 내용의 구분이 명쾌하다. 그러나 예술로서의 소설은 문체가 내용을 포괄하게 된다는 점이다. 사랑을 주제로 한 『춘향전』이나 『숙향전』의 경우 사랑을 취급했다고 해서 동일한 내용이라고 할 수는 없다. 그 작품의 감동의 폭도 전혀 다르다. 소설을 이루는 문체가 내용을 전적으로 발현하기 때문이다.

이러한 문체의 특성 때문에 문체가 작품의 전부라는 말도 나오게 된 것이다. 문체가 그 작가 자체라는 논리도 성립된다. 문체를 떠나서 작품의 우열을 논의할 수 없고 문체를 떠나서 작품적 특성을 말할 수도 없다. 좀 더 극단적으로 말하면 작품의 내용과 문체는 구분할 수 없을 정도로 표리의 관계며 문체는 작품의 모든 것이라는 설명도 가능하게 된다. 그런 점에서 문체는 기법이라기보다 내용 자체로 보고자 하는 경향이 많다.

정의적인 측면에서 보면 문체는 작가가 언어를 사용하는 태도를 말한다. 제각기 다른 작가가 같은 인물과 배경, 플롯을 사용할 때라도 그 소설의 성격은 판이하게 달라지는 것이 보통이다. 그것은 작가가 사용하는 언어적 특성이 다르기 때문인데 즉 문장의 길이라든지, 미묘한 의미라든지, 유머나 응집성, 그리고 이미지나 은유 등을 사용하는 빈도와 종류에 따라 언어가 지니는 복합적인 특성에 차이가 있게 된다. 따라서 문체라고 하는 것은 앞에서 열거한 언어의 그러한 여러 요소가 결합된 특수성을 말한다고 하겠다.

문학에서 사용하는 언어용법에는 과학적 용법과 문학적 용법으로 나누어 볼 수 있다. 여기서 과학적 용법이라고 하는 것은 한 언어가 하나의 사물을 지칭하거나 하나의 의미를 드러내는 1:1의 관계가 됨을 말하는 것이다. 이에 비하여 언어의 문학적 용법은 언어와 그 언어가 의미하는 바가 1:多의 관계에 있는 경우가 된다.

문학에서의 언어는 풍부한 어휘와 정제된 언어의 선택, 심미적 문장의 배열 등으로 하여 외적 세계의 대상은 물론 인간의 내면까지도 치밀하고 조직적으로 묘사하고 재현해야 한다. 반어, 역설, 은유, 반복, 연상, 상징 등의 언어적 기법들을 적절히 구사하여 말의 심미적 효과를 증가시킬 수 있어야 한다.

이때의 문학적 언어를 흔히 '열린언어'라고 하여 일상언어인 '닫힌언어'와 상대적인 개념으로 사용하고 있다. '닫힌언어'는 일상적 또는 과학적 언어로서 습관이나 규약에 의하여 자각적이고 경직된 관계의 언어를 일컫는 것이라면, '열린언어'는 의미의 다양성 또는 상징성으로 하여 때로는 모호하고 느슨하며 무기력해 보이지만 그러나 팽팽하고 살아 있는 언어이다.

문체는 화가에 있어서의 색채와 마찬가지로 작가에게 있어서 비전의 문제라고 할 수 있다. 따라서 한 작가의 문체 속에서는 그 작가의 살아 있는 목소리를 들을 수 있어야 하고 이때의 언어는 쇄신성, 긴밀성, 적절성에 의해 선택되어져서 언어의 창조적 기능에 기여해야 한다.

문체는 독자가 선호하는 바에 대한 작가의 반응이라고도 할 수 있다. 작가는 언어를 통하여 행동에 있어서 환상을 만들어 내고 비전과 사상을 창조한다. 그리고 독자는 언어를 통한 작가의 예술적 기교에 경탄하게 된다. 작가가 고의적으로 어떤 문체를 선택하지는 않는다 하더라도 그가 선호하는 주제에 자신이 원하는 밀접한 문체를 사용하고자 한다는 것은 당연한 일이다.

웰렉과 와렌은 문체를 두 가지의 측면에서 검토하였다. 첫째로 문체는 '개성적 특징의 총화'라는 인식이다. 문체는 그 작품의 미적 목적에 부합하는 언어상의 체계를 가리킨다. 이때의 문체는 개성적 언어상의 체계로서 작품의 개성적 특징의 총화가 된다.

둘째는 언어의 미적 의도를 드러낸다. 각 낱말의 음, 혹은 말의 순서, 혹은 문장의 구조, 음의 반복, 강세, 명확성, 모호성(ambiguity) 등을 통해서 드러나는 미적 기능이 그것이다.

소설의 문체는 언어를 통한 구체화의 방법이기도 하다. 특정 인물의 행위를 구체화시키면서 동시에 독자로 하여금 체험하는 듯한 느낌을 갖도록 한다. 이런 구체화의 방법으로 서술과 묘사, 대화가 사용된다.

*서술 : 서술은 소설의 설화성을 충족시켜주는 핵심이 된다. 사건

홍성암의 소설론 산책

이 환기하는 인물, 배경 등을 설명하고 요약하는 일체의 행위가 서술이다. 소설을 출발시키고 하나의 방향으로 진행시키며 필요에 따라 요약함으로써 속도를 조절한다. 이러한 요약은 소설의 흥미와 주제의 인상을 선명히 하는데 필수적인 기법이다.

　*묘사 : 묘사는 소설의 관념성을 극복하고 구체성을 부여하는데 매우 중요한 기능을 수행한다. 즉 언어로 서술된 사건들을 독자의 뇌리에 하나의 이미지로 떠올려서 추체험의 기회를 갖게 한다. 묘사는 간결하고, 선택적이며, 정확해야 한다. 그리하여 상상을 통하여 환기의 효과가 나타나도록 해야 하고 작품에 리얼리티를 부여할 수 있어야 한다. 그런 의미에서 묘사는 소설적 허구를 경험의 세계로 재생시키는 기법이 된다고 하겠다. 요약이 사건에 속도를 부여하는 것이라면 묘사는 완만한 속도 속에서 사건의 구체화 내지 리얼리티의 환기에 기여한다.

　*대화 : 소설에서의 대화는 연극에서의 장면(scene)처럼 인식된다. 작중인물의 대화를 통하여 사건이 진척되기도 하고 인물의 성격이 드러나기도 한다. 카실은 소설 속의 대화는 스토리와 유기적으로 연결되어야 하고, 말하는 사람의 성격과 일치해야 하며, 말하는 사람이 처한 경우에 적절해야 하고, 또한 자연스럽고 참신하며 생생하게 살아 있고 재미가 있어야 한다고 말한 바 있다.

　소설 속의 대화는 우선 자연스러워야 하고 말하는 사람의 성격과 일치해야 함은 물론이다. 소설 속의 인물이란 그 인물의 행동과 대화의 총화이기 때문이다. 대화는 작중인물 상호간의 관계를 작가의 개입 없이 진행되는 것이기 때문에 소설에 있어서의 극적요소가 된다.

서술, 묘사, 대화는 서로 유기적 관계로 조화되어서 한 편의 소설을 이룬다. 이 중에서 서술은 설명의 방법으로 사건을 집중적이게 하고 요약하는 일을 통해서 소설에 속도감을 부여하고 사건의 전개에 기여한다면, 묘사와 대화는 사건에 극적인 장면 효과를 환기하고 리얼리티를 부여하여 소설을 현재성의 경험으로 느낄 수 있도록 기여한다. 서술, 묘사, 대화를 요약(summary), 묘사, 장면(scene)이란 말로 대체하는 경우도 앞에서 지적한 그런 특징적인 성격 때문이라 하겠다.

화자의 설정과 시점의 유형

　한 편의 소설을 시작하면서 작가가 부딪치는 가장 첫 번째 과제는 어떤 식의 화자(話者)를 설정할 것인가의 문제가 된다. 남자냐 여자냐의 문제와 아이와 젊은이, 노인, 그리고 지식인이냐 노동자냐 등의 문제가 그것이다.

　그런 선택을 통해서 작품의 의미와 분위기가 결정된다. 이광수의 초기소설은 청춘남녀를 화자로 선택하기 때문에 매우 열정적이고 이상 지향적이 된다. 그런가 하면 손창섭의 경우는 대체로 불구적 인물을 화자로 선택하기 때문에 작품의 분위기도 매우 어둡고 기괴한 경우가 많다. 주요섭의 『사랑방 손님과 어머니』 같은 경우는 어린 소녀의 시선으로 서술되기 때문에 남녀 간의 사랑도 매우 순박하고 은근한 분위기를 지닌다. 이런 화자의 설정은 소설에서는 기본이지만 시에서도 없는 것은 아니다.

　　나 보기가 역겨워 가실 때에는 / 말없이 고이 보내드리오리다.
　　영변의 약산 진달래꽃 아름 따다 / 가실 길에 뿌리오리다.
　　가시는 걸음걸음 놓인 그 꽃을 / 사뿐히 즈려밟고 가시옵소서

나 보기가 역겨워 가실 때에는 / 죽어도 아니 눈물 흘리오리다.

　김소월의 대표작이기도 한 이 「진달래꽃」은 소월의 초기 작품이다. 그가 중학생 시절이었으니 20세 미만의 시기다. 소월은 이 시에서 화자를 설정하고 있다. 남성이 아니고 여성이며 나이도 30세 안팎으로 보여진다. 사랑을 체험한 연인끼리의 간절한 이별의 정한을 다루고 있기 때문이다. 소월이 이처럼 화자를 내세운 것은 이별의 정한을 극대화하기 위해서라고 할 수 있다.

　이처럼 화자는 시적 효과를 극대화하기 위해서도 필요하지만 소설의 경우는 거의 절대적이다. 같은 사물과 사건을 대하면서도 누구의 관점에서 바라볼 것인가에 따라 작품의 내용이 전혀 달라진다. 이처럼 사건을 전개하는 주체가 화자라면 그 화자가 어떤 시선으로 사건과 사물을 바라보는가의 문제가 시점(視點)이라고 할 수 있다. 그런 점에서 '화자'란 말이나 '시점'이란 말은 거의 동의어로 쓰인다고 할 수 있다.

　즉 화자(話者) 또는 시점은 누구의 눈으로 사물을 보는가? 그리고 어떤 위치에서 이야기를 하는가? 독자에게 어떤 전달의 경로를 택하는가? 독자와 이야기 사이에 어느 정도 거리를 두는가? 하는 관점에 따라 여러 유형이 가능하게 된다.

　'화자' 또는 '시점'을 사용하게 되는 것은 한정된 분야에 대해서 독자의 제한된 관찰을 유도하는 것이기도 하다. 이는 마치 카메라의 앵글로 사물을 대하는 것과도 같다. 사진사가 바깥 세계를 볼 때 카메라의 앵글 속에 들어올 수 있는 것만을 제한적으로 보게 된다. 그것처럼 화자는 관찰자로서 그 자신의 위치를 정해야 하고 자신의 경험을 생생하게 들어내야 할 부분과 감추어져야 할 부분을 선별해야 한다.

여기서 화자 또는 시점의 주요 임무는 '편집자의 착각'이나 '작가의 간섭'을 효과적으로 통제해야 한다. 편집자의 착각이란 작가 또는 잠재적 작가인 작중 화자로 하여금 필요성에 의해서 고의적인 착각을 만들어 내는 것을 의미한다.

화자의 설정과 시점의 선택은 소설에 하나의 중심 또는 초점을 두게 된다. 이러한 초점을 '아름다운 열중'이란 말로 표현하기도 한다. 이는 소설의 서술에 있어서 매우 경제적인 기술을 위해서 필요하다. 작가는 독자의 정신을 집중시키기 위해서, 그리고 제대로 된 의미의 전달을 위해서 화자와 시점을 적절히 활용한다. 화자와 시점의 설정이 적절치 못한 경우엔 작품 서술이 지리멸렬하거나 서술에 일관성이 결여되어 그 작품의 인상을 산만하게 만든다.

퍼시러보크는 소설은 스토리가 작가에 의해 이야기되는 것이 아니라 소설 스스로가 보여지고 전시되는 모습이 되어야 한다고 주장했다. 사건이 사실처럼 보여지기 위해서는 단순한 진술만으로는 부족하다. 즉 예술적 진실을 드러내기 위해서 작가는 환상을 만들어 낸다. 이때 작가의 존재가 두드러지면 독자는 작가의 존재로 해서 환상에 접근하는데 장애를 받게 된다. 이런 장애를 제거하기 위해서 작가는 자신의 개인적 목소리의 기능을 제한시키려는 노력을 하게 되는데 이때의 방법으로 시점이 필요하게 된다.

작품은 작가의 의도를 극대화하기 위해서 어떤 계획에 따라 일관성을 가져야 한다. 즉 자신이 선택한 원칙에 따라야 한다. 작가에게 지나친 자유를 허용해서는 안 된다. 시점은 소설의 예술적인 가치를 추구하는데 있어서 작가를 통어하는 방편으로도 사용된다. 그리하여 작가는 자신이 지닐 수 있는 편견과 작중인물에 대한 선입견을 분리시킬 수 있어야 한다.

시점의 유형은 중심 인물로서의 1인칭 시점, 주변 인물로서의 1인칭 시점, 제한적 3인칭 시점, 전지적 3인칭 시점의 4가지로 나누는 경우가 보통이다. 학자들에 따라서는 작가 전지적 시점, 주 인물 시점, 부 인물 시점, 객관적 시점의 4유형으로 분류하기도 한다. 이를 부연 설명하면 다음과 같다.

(1)1인칭 주인공 시점 : 주인공이 자기 자신의 이야기를 하는 경우인데, 이때는 인물의 초점과 서술의 초점이 그대로 일치한다. 이 시점은 주인공이 직접 내레이터가 되어 사건을 진행시키는 경우가 되기 때문에 독자와의 거리를 좁혀서 독자로 하여금 그 이야기를 믿도록 한다. 이때 작품 속의 〈나〉는 어디까지나 〈허구화된 나〉이지만 독자는 사실이라는 환상 속에서 〈나〉의 이야기를 액면 그대로 받아들이게 된다.

(2)1인칭 관찰자 시점 : 작품에 등장하는 다른 인물이 주인공의 이야기를 서술하는 방법이다. 이 경우 내레이터는 부수적인 인물로서 하나는 관찰자에 불과하며 인물의 초점은 주인공에 가 있다. 이 시점은 주인공을 직접적으로 묘사하고 그의 행동에 대해서 언급할 수도 있게 된다. 또한 주인공의 내부를 숨김으로써 긴장과 경이감을 자아낼 수 있다. 그러나 이 시점은 내레이터가 보고 들은 것밖에 서술할 수 없기 때문에 주인공에 대한 관찰이나 경험의 기회가 제한되

고 대상에 대한 주관적 해석을 가하게 될 가능성이 크다.

(3)작가 관찰자 시점 : 작품 밖에 있는 작가가 외적 관찰자의 입장에서 이야기를 서술하는 방법이다. 작가는 하나의 관찰자이므로 주관을 배제하고 시종일관 객관적인 태도로 외부적인 사실만을 관찰 묘사한다. 이 시점은 극적이고 객관적이란 점이 특색이다. 따라서 극적 시점 또는 객관적 시점이라고 한다. 내레이터인 작가는 작품 속에 등장하는 모든 인물의 언어와 동작, 표정 등을 있는 그대로 묘사하여 독자에게 그 실체를 제시할 뿐, 거기에 대해서 일체의 해설이나 평가를 가하지 않는다. 모든 것은 독자가 직접 작품을 분석 해부하여 판가름하도록 맡겨둔다. 대상을 객관적으로 묘사하고 제시하는데 가장 적합한 서술방법이라고 하겠다.

(4)전지적 작가 시점 : 작가가 전지전능한 신의 입장에서 각 인물의 심리상태나 행동의 동기, 감정, 의욕 등을 해설하고 분석하여 서술하는 방법이다. 작가는 신과 같이 모든 사건과 인물의 내부를 샅샅이 알고 있다. 그러므로 작가는 각 인물이 보고 들은 것은 물론 아무도 등장하지 않은 사건까지도 묘사한다. 이런 점에서 작가의 관찰은 초인간적인 힘을 가지고 있다. 전지적 작가 서술에서는 작가와 등장인물의 거리가 좁혀지고 등장인물의 내부를 빤히 들여다보듯 알고 있기 때문에, 작가는 여러 인물들의 내면을 동시에 살필 수 있는 등으로 무한 자유를 확보하게 된다. 그러나 이 자유가 남용될 때, 독자는 등장인물들을 이해할 수는 있으나 그 인물들의 체험을 실제로 공감하기는 어렵다.

화자의 적절한 설정과 시점의 적절한 활용은 소설의 주인공이 겪는 체험을 독자 자신의 체험으로 인식시키는데 매우 필요하다. 즉 소설의 내용이 작가의 상상에 의한 허구가 아니라 현재적 진실이란 느낌으로 다가올 수 있도록 한다. 그런 점에서 화자와 시점의 적절한 활용은 소설의 감동을 극대화하는데 필연적인 장치라고 하겠다.

홍성암의 소설론 산책

소설의 분량에 따른 장르적 특성

　시, 소설, 희곡 등을 문학의 장르로 구분하듯이 소설의 하위 장르로 단편소설, 장편소설 등으로 구분하기도 한다. 이는 대체로 원고의 분량을 기준으로 한다. 가장 짧은 형식인 꽁트의 경우는 200자 원고용지로 15매 내외, 단편소설인 경우는 100매 내외, 그리고 중편소설인 경우는 300매에서 500매, 장편인 경우는 500매 이상 등으로 나누는 경향이 있다.

　이러한 구분은 당대의 일반적인 관례에 의한 것이어서 시대와 환경의 변화에 따라 달라지기도 한다. 예컨대 단편소설인 경우 1930년대 현대소설의 초창기에는 30~40매로 매우 짧은 편이었지만 점차로 분량이 늘어나서 1970년대 이후엔 100매 정도의 분량이 많았다. 이는 신춘문예 모집 광고 등에서 잘 드러난다. 그러나 근래에는 다시 분량이 줄어들어서 대부분의 문예지에서는 70매 안팎의 기준을 정하고 원고를 청탁하고 있다. 이러한 변화는 작품을 수용하는 잡지의 성격과 출판에 따르는 경제적 한계, 그리고 독자의 취향 등이 종합적으로 영향을 미치는 것으로 보게 된다.

　이러한 외형적 특성 외에 그 분량에 상응하는 적절한 구조적 특성도 발견하게 된다. 그리하여 단편소설 형식이니 장편소설 형식이니 하는 분류가 가능하게 된다. 단편에서 다루어야 할 제재를 장편에서 다루거나 장편에서' 다루어야 할 제재를 단편에서 다룰 경우 매우 어색하고 부적절한 느낌을 주게 된다. 그런 점에서 작가는 제대로 된 장르의식을 지닐 필요가 있다.

*단편소설과 장편소설

우리가 가장 쉽게 접할 수 있는 단편소설은 2백자 원고용지로 1백 매 내외가 많다. 그러나 꽁트 형식을 제외한 짧은 소설들을 대부분 단편소설로 취급한다. 짧게는 원고용지 20~30매에서 길게는 200 매~300매까지도 포함된다. 서양의 경우 단 1페이지 정도의 분량도 발견하게 된다.

단편소설은 작품의 분량적인 한계에 따른 나름대로의 구조적 특성을 지니게 된다. 즉 단일한 인물, 단일한 사건, 단일한 인상으로 지칭되기도 하는데 이는 단편소설의 매우 중요한 요소가 된다. 단편소설에서 지나치게 많은 인물이나 잡다한 사건이 나열되면 주제적 인상이 뚜렷하지 못하여 작품적 감동을 이끌어내기 어렵다. 그 분량에 적절한 구조적 특성을 잘 소화해야 좋은 작품적 성과를 얻을 수 있게 된다.

근래 우리나라의 단편소설은 지나치게 길다는 지적을 받고 있다. 젊은 작가들의 경우는 의욕이 지나쳐서 작은 틀 속에 지나치게 많은 이야기를 담으려다 인상의 집중화에 실패하게 되는 경우가 많다. 나이 든 작가들의 경우는 신변잡기적 경험을 잡다하게 늘어놓아서 작품을 지루하게 하는 경우가 많다. 두 경우 모두 단편 장르의 특성을 제대로 이해하지 못했기 때문으로 여겨진다.

어떤 점에서 단편소설은 한 편의 시와도 같다. 구성에 있어서 치밀해야 하고 언어의 선택이 정밀해야 할 뿐 아니라 그것이 모두 주제에 기여할 수 있도록 잘 배열되어야 한다. 그래서 사전에 치밀하게 구성하고 처음과 결말이 잘 맞물려지는 과정까지도 계산되어야 한다.

장편소설의 분량은 대부분 1000매 이상이고 좀 긴 경우는 2~3000매 되기도 한다. 그러나 500매 이상이면 대체로 장편소설로 취급된다. 서양의 경우는 500매 안팎의 짧은 장편소설이 많다.

장편소설은 단편소설과 달리 단일한 인상을 드러내기보다는 한 시대의 모습을 총체적으로 조명한다. 주인공의 인생을 다루는 경우도 어느 일부분이 아니라 전반적인 생애를 다루는 것이 보통이다. 모파상의 『여자의 일생』은 잔느라는 여성의 생애를 다룬 것이고 톨스토이의 『전쟁과 평화』는 세계대전의 면모를 종합적으로 접근한 것이다.

장편소설에는 무수한 인물들이 등장하고 사건도 다양하다. 그렇기 때문에 단일한 구조가 되기 어렵다. 장편 작가들은 단편에서처럼 짜임새 있게 사전에 기획할 수 없다. 그래서 사건의 주인공과 그 주인공이 살아가는 시대와 당대의 사회상을 대강 설정하고 인물들 스스로가 사건을 만들어가는 형식이 된다. 작가는 사건의 전개를 미리 예측할 수 없다. 작가는 스스로 작중인물로 치환되어 수시로 그 환경에 적절한 선택을 하게 되고 그런 방법으로 사건을 진척시킨다. 단편 작가가 상당 부분 작중인물을 통제한다면 장편 작가는 작중인물이 사건을 만들어가는 것을 도와주는 모양새가 된다고 하겠다.

이런 뚜렷한 차이점 때문에 서양에서는 장편과 단편을 전혀 별개의 장르로 구별하기도 한다. 우리가 일반적으로 말하는 소설은 서양에서 노블(novel)이라고 하고 그것은 장편소설에만 해당된다. 단편소설은 쇼트 스토리(short story)라고 지칭하여 일반 소설과 구분하고 있다. 서양의 쇼트 스토리는 1페이지에 해당하는 짧은 글도 많은데 우리의 소설 개념과는 거리가 있다. 이런 이유로 해서 서양은 장편소설이 소설의 주류가 되어 좋은 소설도 대체로 장편에서 나온다. 우리의 경우 문학적 성과가 주로 단편에서 얻어지는 것과는 대조적이다.

장편 장르의 변형이라고 볼 수 있는 장편대하소설이란 장르가 설정되기도 한다. 대체로 2000매 이상되는 소설들인데 박경리의 『토지』 같은 작품이다. 이런 유형의 소설은 아버지의 세대에서 자식, 손자의 세대로 이어지는 것이 보통이어서 가족사 연대기의 성격을 지니게 된다. 작가의 강한 의욕이 이런 대작을 창작하게 되지만 집중의 측면에서는 매우 문제가 많다. 특정 인물과 특정 시대가 바뀌게 되면 작품에서 드러나는 분위기나 인상도 바뀌게 되어 작품에서 드러내려는 주제가 모호해지기 쉽기 때문이다. 『토지』의 경우 제1부의 공간인 하동 평사리와 제2부의 공간인 간도까지의 내용이 그나마 일관성을 유지하고 있다. 그 뒤로 이어지는 부분은 다른 작품에서 다루어야 할 성격이라 여겨진다.

*중편소설과 꽁트

단편과 장편 사이에 중편소설의 장르를 설정하기도 한다. 분량이

300매에서 500매 사이다. 중편 장르는 단편과 장편 사이에 있어서 그 성격을 규명하기도 쉽지 않다. 서양에서도 초창기에는 중편 장르가 인정되지 않기도 했다. 그렇다고 중편소설이 긴 단편이나 짧은 장편이 되어서는 안 된다. 중편은 단편이 지니는 단일한 인상이나 장편이 지니는 시대성의 적절한 조화를 염두에 두어야 한다. 우리나라에서는 소설적 성과를 중편소설에서 얻는 경우가 적지 않다. 중편이라 여겨지는 강용준의 「철조망」이나 선우휘의 「불꽃」 등은 주제의 중량감, 시대에 대한 접근 등에서 매우 탁월하다.

중편소설은 단편소설로서는 달성하기 어려운 깊이 있는 주제나 사회상을 드러내는 것이고 동시에 장편소설에서 접근하기 어려운 통일성, 긴박감 같은 것들을 성취하는 것이라고 할 수 있다. 이런 이론적 접근을 하다보면 중편소설이 가장 이상적인 장르같이 여겨지기 쉬운데 실제로는 일종의 변종이라고 보아야 한다. 실제로 대부분의 중편소설이 지루한 단편소설의 양상으로 여겨지는 경우가 많고 더러는 엉성하게 짜여진 줄거리만의 장편으로 여겨지는 경우도 많기 때문이다. 작가는 이런 유형을 선택할 때 그 양식이 아니면 안 된다는 신념과 필연성을 갖고 창작에 임해야 할 것이다.

그 밖에 꽁트 형식의 소설도 있다. 꽁트는 일반적으로 원고지 15매 안팎의 경우가 많은데 가장 짧은 형식의 소설이라 할 수 있다. 앞에서도 지적했지만 형식은 내용과 상응한 것이다. 꽁트가 매우 짧은만큼 거기에 상응한 구조가 따로 있다. 꽁트 형식의 가장 두드러진 특징은 극적 반전이란 점이다. 독자가 서두에서 미리 짐작하지 못했던 일이 엔딩(ending)에 가서 극적 반전으로 나타난다. 이런 극적 반전을 통해 독자는 앞에서 서술된 내용에 대해 새롭게 깨닫고 인생을 성찰하는 계기를 갖게 된다.

꽁트에서 극적 반전이 없으면 짧은 단편과 구별하기 어렵게 된다. 오 헨리의「마지막 잎새」같은 작품에서 극적 반전의 양상을 잘 살필 수 있다. 죽음을 앞 둔 소녀가 앞마당에 서 있는 나무의 잎새가 낙엽이 되어 떨어지는 것을 보면서 그 마지막 잎새가 떨어지는 순간 자신도 죽을 것이라고 굳게 예감한다. 그런데 잎새가 겨우 하나 남은 어느 날 모진 폭풍이 몰아치게 되고 소녀는 밤새 떨어지는 낙엽을 걱정한다. 그런데 아침이 되어 아직도 떨어지지 않은 잎새를 발견하고 소녀는 생명에 대한 강한 의욕을 갖게 된다. 사실은 소녀의 형편을 잘 알고 있던 화가가 자신의 온 정성을 들여 나뭇잎을 그림으로 그리고 그것을 소녀 몰래 나무에 매달아 두었던 것이다. 독자는 소녀의 심정이 되어 소녀의 죽음을 걱정하다가 극적 반전을 통해 소녀의 소생이 자신의 것으로 받아들이는 감동을 받게 된다. 꽁트는 짧은 형식이지만 이런 극적 반전을 통해서 독자에게 강한 인상을 남기게 된다.

홍성암의 소설론 산책

소설의 순수성과 대중성에 대한 논의

  소설 작품의 유용성이란 측면에서 가장 많이 논의되는 것 중의 하나가 소설의 순수성과 대중성의 문제다. 이러한 논의가 소설의 예술성과 오락성 또는 본격성과 통속성에 대한 논의를 촉발시키고 있다. 소설의 유용성에 대한 이러한 논의의 배경은 매우 오랜 전통을 지니고 있다. 그러나 실제에 있어서 한 작품의 가치를 따지는데 그렇게 단순하게 재단되는 것은 아니다. 시대와 환경에 따라서 작품을 평가하는 기준도 일정하지 않기 때문이다.

  토마스 하디의 『귀향』 같은 소설은 당시에 신문 연재소설이었고 대중소설로 인식되어 있었지만 오늘날은 명작의 반열에 들만큼 문학성이 높은 작품으로 평가된다. 로렌스의 『차타레부인의 사랑』 같은 작품은 그 당대에 출판사를 구할 수 없을 만큼 통속소설의 전형으로 인식되었지만 오늘날에는 성의 예술화란 측면에서 매우 우수한 작품으로 평가되고 있기도 하다.

  성공한 작품의 문학적 가치와 상품적 가치는 때로는 매우 일치하기도 하고 때로는 서로 상충적 관계가 되기도 한다. 통속의 기준도 시대에 따라 다양해지고 있다. 더구나 오늘날은 문학의 독자층이 일부 제한된 고급한 지식층이 아니라 대부분 일정 교육을 받은 대중들이기 때문에 대중문화가 곧 문화의 주류가 되고 있는 현실이다. 그런 점에서 파악하면 대중문학이 오히려 본격문학보다 소중할 수도 있다는 견해도 가능하다. 그렇다고 해서 본격문학이 대중을 외면하는 문학이 아니라는 점을 감안한다면 이 두 경향의 변별에 대한 새로운 해석이 필요하다는 것을 느끼게 된다.

대중소설은 통속소설, 상업소설, 또는 오락소설로 회자되어 왔다. 이는 본격소설과 대칭관계로 이해되었고 그래서 매우 부정적이었다. 근래에 들어와서는 대중소설을 중간 소설의 개념으로 인식하고자 하는 시도도 있었다. 지금이 대중화 시대임을 감안하여 대중소설은 본격소설보다는 오락적이지만 통속소설보다는 문학성이 높은 소설로 정의하고자 하는 노력이다. 말하자면 대중화 시대에 주류를 형성하는 대중소설은 대중이 호응하는 소설로서 문학성과 오락성을 겸비한 그런 장르로 인식하고자 하는 태도이기도 하다. 그러나 이런 중간적 태도는 매우 편의적인 것이어서 본격소설과 통속소설과의 경계를 더욱 모호하게 하는 측면도 없지 않게 된다.

통속소설 또는 오락소설에 대한 특징을 우르스 예기(Urs Jaeggi)는 다음과 같이 예시한 바가 있다.

①구성의 공식성 ②언어의 인습적 사용 ③판에 박힌 인물 설정 ④세계현상과 사회현상에 대한 허위 보고 ⑤자기 목표로서의 감각성 (감상성, 야만성, 관능성) ⑥가치전도

예기의 정의는 참고할 만하다. 대부분의 통속소설은 창의적이기보다는 인습적인 경향이 강하다. 구성이나, 언어, 인물설정 등에서 그렇다. 더구나 사회현상에 대한 허위 보고나 가치전도에 이르러서는 누구나 부정적이게 된다. 그러나 대부분의 통속소설이 이런 분류에 도식적으로 대입되는 것은 아니다. 현대의 대중사회는 그 삶의 방법이 매우 다양하다. 마찬가지로 특정 작품의 미적구조도 삶의 방법만큼이나 다양하기 마련이다. 그렇기 때문에 같은 현상에 대해서도 정반대로 판단하는 경우도 허다하다. 다음은 역사소설에 대한 백철의 인식이다.

"1935년 이후에 통속소설이 등장한 또 하나의 중요한 원인은 이 시대의 현실이 그처럼 암흑해서 그 전과 같이 경향으로 나갈 길이 막혀버린 때문에 통속소설로 흐르게 된 사실을 중시하여야 할 것이다. 일부의 작가가 세태소설, 신변소설을 쓴 것이나 또 일부의 작가들이 역사소설을 쓰게 된 사실과 참조해 볼 때 이 시대의 문학이 가장 무난하게 이 시대를 통과하려는 경향으로 표현된 것이 통속소설의 등장이었다."

백철은 이 글에서 작가들이 암울한 시대의 현실을 비켜가기 위해서 역사소설을 선택한 것으로 파악했다. 그리하여 역사소설을 현실을 외면한 통속소설로 분류하고 있다. 이는 당대의 특수한 사회 환경을 감안한 것이긴 하나 당대의 독자층의 인식과 반드시 일치하는 것은 아니다. 그 예로써 이광수의 『단종애사』나 홍명희의 『임꺽정』 같은 역사소설은 많은 독자들에게 감명을 준 작품이었고 문학사적으로도 우리나라 장편소설사의 한 업적으로 평가되고 있기 때문이다.

서양 근대소설의 이론가인 루카치는 역사소설의 문학적 가치를 매우 높이 평가하고 있다. 즉 현실 사회의 갈등을 역사적 사실에 조명함으로써 작품의 설득력을 높이고 가치를 보편화하는 매우 중요한 것으로 보았던 것이다. 그는 역사를 현재의 전사로 보고 역사소설에서 드러나고 있는 역사적 진실이 사회의 변혁을 주도할 수 있다고 보았던 것이다.

소설 장르는 근대시민의식의 소산이란 견해가 지배적이다. 즉 봉건 체제의 몰락과 신흥 자본 계층의 형성, 그리고 교육받은 중산층의 확산으로 인하여 로망스 장르가 퇴조하고 노벨 장르가 발생하게 되었다고 보는 것이다. 당대의 지배계층인 지식층은 서사시나 희곡 장르를 즐길 수 있는 수준이었지만 새로 부자가 된 부르조아 계층은 향유할 만한 문학 장르가 마땅치 않았다. 그런 배경에서 대중적인 소설 장르가 발달하였다고 보는 것이다. 그렇게 살핀다면 소설은 발생기적 양상에 있어서 이미 대중성을 그 바탕으로 삼고 있는 셈이다. 그렇기 때문에 소설 양식에 있어서 대중성은 매우 중요한 요소가 된다. 이러한 요소를 문학의 예술성과 어떻게 구분해야 하는가에 어려움이 있게 된다.

여기서 문학의 순수성과 대중성의 분류에 대한 기존적 의식의 변화를 생각해 보게 된다. 즉 대중성을 곧 통속성으로 보는 과거적 인식의 변화가 필요하다는 것이다. 오늘날은 대중이 문화의 주류가 되는 시대이다. 영화나 연극, 음악에 이르기까지 온 국민을 사로잡는 것은 대중적인 성격의 문화다. 이를 곧 통속으로 매도해 버릴 수는 없을 것이다. 그런 점에서 과거엔 대중성이 통속성과 보다 접근된 위

홍성암의 소설론 산책

치였다면 현대에는 대중성이 본격성과 더 근접해 있다고 보는 것이다. 즉 오늘날의 본격소설은 대중을 염두에 둔 소설이어야 하고 그런 점에서 외연적으로 대중소설 속에 본격소설도 수용되어야 한다는 점이다.

그렇게 되면 대중소설에서 지나친 통속성을 제거하는 방향을 검토할 수 있게 된다. 이는 앞에서 지적한 우르스 예기의 논리를 감안할 필요가 있게 된다. 지나치게 도식적인 구성이나 인물 설정 그리고 인습적 언어는 창의성이란 측면에서 본격성과 거리가 멀다. 그리고 사회현상에 대한 허위 보고나 전도된 가치관, 그리고 지나친 야만성, 관능성, 감각성 같은 것은 내용적으로 진실과 거리가 있고 또한 부도덕하다고 여겨지는 것이다.

이런 논의에도 불구하고 소설의 순수성과 대중성 또는 통속성의 분류는 여전히 조심스럽다. 현대가 대중화 시대이고 소설의 발생기적 양상이 대중성을 그 바탕으로 하고 있기 때문이다. 그리고 삶의 성찰이란 측면에서도 소설은 인생의 긍정적인 측면과 부정적인 측면을 모두 포괄하는 종류여야 하기 때문이다.

시간의 속성과 소설의 시간

시간은 인간이 겪는 매우 특수한 경험 양식이다. 인간은 주어진 공간에서 여러 다양한 경험을 하게 되는데 이때의 인상이나 정서, 관념 등은 모두 시간적인 여건에 따라 다른 양상으로 나타난다. 인간의 체험과 관련을 짓게 되는 여건으로서의 계기, 흐름, 변화는 모두 시간과 관련되며 결과적으로 시간이 만든 인상의 결과물이라고 할 수 있다. 따라서 인간의 모든 경험에는 시간적 지표(temporal index)가 찍혀 있게 된다.

어떤 면에서 인간은 시간적 연속과 변화의 결과물에 지나지 않는다. 그리하여 우리는 끊임없이 변하는 개인의 내면에 내재하는 '의식의 흐름'에 대해서도 깊은 관심을 갖게 된다. 이는 인간 존재를 시간의 속성 속에서 파악하는 것이며 또한 인간의 자아를 시간의 속성과 관련지어 탐색하는 일이기도 하다. 이런 일련의 노력을 흔히 '잃어버린 시간의 탐구'라는 말로 지칭하기도 한다.

인간에 있어서 시간의식은 '자연적 시간'과 '경험적 시간'으로 나눌 수 있다.

자연적 시간은 공적이고 객관적이라 할 수 있다. 자연적 시간은 첫째 측정되어야 한다. 둘째 일정한 질서 속에 진행된다. 셋째 과거에서 미래로 흘러간다. 이는 측정성, 질서, 방향성의 세 가지로 요약할 수 있다.

그러나 경험적 시간은 자연적 시간의 기준이 그대로 일률적으로 적용되지는 않는다. 경험의 시간은 때로는 빨리 가고 때로는 느리게 흐른다. 매 초를 예민하게 의식할 수도 있고 전혀 의식에서 잊혀질 수도 있다.

이런 주관적 불규칙성, 착각, 오판 등으로 말미암아 경험의 시간은 객관적인 기준을 세우기가 어렵다. 이런 점에서 경험적 시간은 주관적 상대성이라는 성질로 파악하게 된다. 시간의 속성에 대해서 푸르스트는 다음과 같이 말하고 있다.

"시간을 잘 측정하려면 시간은 똑같은 속도로 흘러가야 한다. 그러나 누가 시간을 똑같은 속도로 흐른다고 말했느냐? 시간은 우리의 의식 속에서는 그렇게 똑같은 속도로 흘러갈 수 없다. 단지 우리가 편의상 시간이 똑같은 속도로 흘러간다고 가정할 뿐이다. 그리고 우리가 시간 측정에 사용하는 단위란 순전히 자의적이고 관습일 뿐이다."

푸르스트의 관점에 의하면 시간이란 주관적인 관념에 따라 팽창되기도 하고 수축되기도 한다. 또한 시간은 연속적 흐름의 양상으로 경험되어지는 종류다. 시간 경험의 특징인 연속적 흐름을 물리학적 이론에 의하여 해명하려고 할 때 시간의 본질은 해체되고 변질되기 마련이다.

한스 마이어호프는 시간의 속성을 말하는 자리에서 자연적 시간은 불가역적(不可逆的)이지만 기억의 시간은 대부분 통일적 순열성(順列性)을 보이지 못하고 과거, 현재, 미래의 사건들이 서로 다이나믹하게 융합되어 있는 성질이 있다고 말한다. 그리고 인간은 시간을 통하여 존재하는데 즉 인간의 자아(自我)는 시간적으로 계기(繼起)하는 여러 다른 사건과 기억 속에 저장되어 있는 사건들의 잔재물로 구성되어 있다고 보는 것이다.

시간의 긍정적인 측면은 시간이 경험에 있어서 생산적이며 창조적이며 사물과 상품과 자아를 창조하고 개선하는 영원한 원천이라는 점이다. 즉 생성(生成)을 존재로 바꾸고 잠재적인 것을 현실화하고 불완전한 것을 완전하게 하는 영원한 조건이다.

시간의 긍정적 방향성은 인간이 희망하고 열망한 것은 꼭 실현되고, 창조와 진보의 기회가 오며, 전심전력으로 노력하면 개인적 행복과 구원을 획득할 수 있다는 믿음을 갖게 한다.

시간의 부정적 측면은 시간의 방향이 죽음을 향하고 있다는 점이다. 인간 존재는 죽음의 공포와 노력의 공허함 속에 놓여 있다. 죽음을 향한 시간의 불가역적 흐름을 멈추게 하거나 역전시키지는 못한다. 오로지 죽음과 무(無)로 향하는 시간의 방향성으로 하여 인간은 우울하고 음울한 허무의 인식에서 벗어나기 어렵다.

이때의 시간은 소멸을 향해서 진행하는 양상이다. 그리하여 시간에 의해서 부여된 창조마저도 궁극에는 허망하고 무의미함에 함몰된다. 종교적 허무의식도 이런 시간의 부정적 방향성과 무관하지 않다.

소설에서의 시간은 주로 '경험적 시간' 의식이다. 그러므로 경험

세계라는 맥락 속에서 시간에 접근하게 된다. 인간 존재란 결과적으로 '경험의 총화'이기 때문이다. 동시에 시간의 유동성, 즉 흐름의 속성에 큰 관심을 지닌다. 이는 인간의 의식이 내면적이고 연속적인 특성임을 감안한 것이다. 인간의 본질은 외형적인 외면보다 내적인 의식의 변화에 더 의존된다고 보는 것이다. 이런 인간 내면의 흐름을 보다 명확히 하기 위하여 강이나, 바다와 같은 감각적 상징이나 은유적 표현을 사용하게 된다.

소설에서의 시간은 물리적 시간을 초월하는 경우가 많다. 즉 물리적 시간 밖에 있는 내면적 경험의 시간들을 많이 활용한다. 상상이나 공상을 통하여 이루어지는 사건의 시간들은 회상 행위나 기억된 시간의 양상이 된다. 그런 점에서 소설의 시간은 조용히 회상된 무시간적 성격을 지닌 경우가 많다. 소설은 시간의 경과로부터 해방된 무시간적 자아를 구체화하는 것이며 동시에 무시간성의 감각을 표현하게 된다.

소설은 자연적 시간의 한계를 초월의 방법으로 극복하기도 한다. 즉 우리로 하여금 죽음의 시간적 예상으로부터 초월하도록 하는 하나의 '인생 방법'을 제시한다. 죽음에의 공포와 허무에의 절망감을 예술의 성취를 통하여 극복하게 하는 것이다. 롤리(J.H.Raleigh)는 문학에서의 시간을 말하기 위해서 다음과 같은 분류를 사용한다.

1)우주적 시간 : 이것은 원(圓)으로 상징될 수 있으며 사물의 무궁한 반복을 가리킨다. 즉 밤과 낮의 교체, 계절의 바뀜, 출생과 성장과 사망의 순환 등 한마디로 인간과 자연의 경험의 순환적 특성을 가리킨다.

2)역사적 시간 : 이것은 수평선으로 상징되며 시간을 통한 국가와

문명과 종족들(즉, 집단을 이룬 인류)의 경과를 가리킨다. 마찬가지로 개인은 시간에 대해서 순환적 관계와 함께 선적(線的)인 관계도 갖는다. 한 사람이나 여러 사람에게 있어서의 이 선(線)은 상향적(上向的)이어서 진보를 나타낼 수도 있고, 하향적이어서 퇴보를 나타낼 수도 있다.

3)실존적 시간 : 이것은 수직선으로 상징되는데 베르그송(Bergson)의 지속(持續)과 비슷한 개념으로 종교적이고 신비적 성질을 가진 것이다. 이 실존적 시간의 개념은 어떤 면에서는 개별주의(individualism), 또는 개인주의(personalism)의 극단적인 형식이며, 순환적 또는 역사적 시간으로부터 탈출할 수 없는 개인의 능력을 전제조건으로 한다. 실존적 시간은 '시간＝역사'의 타당성을 부정한다. 일반적으로 모든 사람의 심리적 경험 속에는 시간의 속도가 달라지고 어떤 중대한 순간에는 거의 시간이 정지해 버리는 듯이 보인다는 생각 속에 나타나고 있는 인식이다.

소설에서는 이런 세 종류의 시간이 필요에 의해서 적절히 배합되고 활용된다. 그리고 이런 시간의 선택에 따라서 작품의 성격이 드러나게 된다. 우주적 시간이 주축이 되는 작품은 종교적인 성격을 지니게 되고 역사적 시간인 경우는 현실적이고 사실적인 작품 양상이 된다. 그리고 실존적인 시간은 철학적인 양상에 가깝다고 하겠다. 대부분의 소설은 이런 성격의 시간을 필요에 따라 적절히 배합한다.

시간의 방향성이란 측면에서 보면 우주적 시간은 원형으로 표기되고 역사적 시간은 수평선으로 그리고 신화 시간은 수직선의 양상이 된다. 역사적 시간에서 과거 회상의 경우는 역수평선의 형태가 되는데 이럴 때를 낭만적 시간이라고 명명하기도 한다.

소설을 구성하는 작품적 특성이란 관점에서 보면 시간은 '서술의 시간'과 '허구의 시간'으로 나누어 볼 수도 있다. 서술의 시간은 실제로 작품을 서술하는 시간과 서술에서 사용하고 있는 시간의 속도 의식을 포함한 것이다. 그리고 허구의 시간은 서술에서 취급하고 있는 허구의 내용적인 시간 의식을 말하는 것으로서 두 시간의 갈등과 조화를 통하여 소설적 전개가 가능하게 된다. 그런 면에서 허구의 시간은 서술의 시간에 의하여 길러지는 시간 의식이라 할 수 있다.

서술의 시간과 허구의 시간을 두 개의 축으로 상정했을 때, 연속적인 서술, 즉 사건의 지속적인 견지에서 보면 ①서술과 지속이 동시적인 경우 ②앞으로 예상하는 경우 ③과거 회상의 세 경우가 될 수 있다. ①의 경우는 서술의 시간과 허구의 시간이 같은 속도로 진행된다. 즉 대화와 같은 경우다. ②의 경우는 시간이 급격하게 빨라지게 되고 ③의 경우는 제자리에서 계속 맴도는 정지의 시간이 된다.

대체로 '대화'는 서술 부분과 허구 부분 사이에 어떤 종류의 동등 관계가 이루어져서 시간의 진행 속도에 있어서 평형상태를 유지한다. 시간이 소설의 내용과 같은 속도를 유지한다. 사건을 요약하는 '간접화법'에 의한 서술인 경우에는 몇 개의 계속되는 사건이라도 곧 요약해 버리기 때문에 이야기의 시간은 매우 빠른 속도가 된다.

이에 비해서 '심리 분석' 같은 분석적인 작품의 경우에는 속도가 극히 느리게 진행된다. 어떤 경우에는 시간의 진행이 멈추어 버리고 거의 제로 상태에 머물게 되기도 한다.

소설에 있어서 시간은 이와 같이 시간의 본질적인 측면에 의해서 '우주적 시간'과 '역사적 시간', 그리고 '실존적 시간'으로 나누어 볼 수 있다. 그리고 서술과정에 따라서 '서술의 시간'과 '허구의 시간'

이 양축을 형성한다. 그리고 '서술' '대화' '요약' '분석'의 방법에 의해서 속도가 크게 달라지기도 한다.

이들 시간의 전개 양상을 장용학의 잘 알려진 단편소설『요한시집』에 대입해서 검토할 수 있다.

『요한시집』의 경우 처음에 '토끼의 우화' 부분으로 시작된다. ①토끼의 생존 ②토끼의 동경 ③토끼의 노력 ④토끼의 죽음 ⑤자유의 버섯 탄생으로 전개되는 서사구조는 바로 신화시간(우주적 시간)의 양상이다. 노드롭 프라이의 '사계(四季)'의 이론에 따른다면 '토끼의 생존'(봄) → '토끼의 동경'(여름) → '토끼의 노력'(가을) → '토끼의 죽음'(겨울) → '자유의 버섯 탄생'(다시 봄)으로 이어지는 순환시간을 나타낸 것이라 할 수 있다.

그리고 사건 전개 부분에 있어서 〈상〉, 〈중〉, 〈하〉는 작중 화자인 동호가 함께 포로 생활을 하다가 자살한 누혜와 그의 부탁으로 찾아간 누혜 어머니의 죽음을 자신과의 관계를 통하여 서술하고 있는데 이때의 서술 양상은 주로 회상의 방법으로 전개되고 있다. 이는 역수평의 시간 즉 낭만시간의 양상이라고 할 수 있다. 즉『요한시집』의 시간구조는 신화시간과 낭만시간의 결합이다.

장용학은 이 작품에서 당시 유행사조의 하나인 실존주의적 작품을 시도한 것으로 말하고 있지만 실제 작품 분석을 통하여 나타나고 있는 것은 실존적 시간구조가 아니라 신화시간(우주적 시간)과 낭만시간의 결합이었음을 살필 수 있다. 이는 작가의 본래 의도와는 거리가 있는 것으로서 이 작품이 독자에게 주고 있는 혼돈의 느낌도 이런 부조화에서 파생된 것으로 여겨진다.

소설의 공간과 작가의 체험

　작중인물이 활동하는 장소를 공간이라고 한다. 다른 말로 작품의
배경(setting)에 해당된다고 하겠다. 작가가 사건을 전개하기 위해서
는 중심인물들을 설정하고 그 인물들이 활동하게 되는 환경 즉 공간
의 설정이 필수적이다. 인물의 성격은 배경이 되는 공간을 통해서 형
상화되고 사건도 공간과 더불어 구체성을 띠게 된다. 작품의 배경에
는 시간과 공간이 병렬적 관계에 놓이게 되지만 독자들에게 보다 구
체적 인상으로 드러나는 부분을 공간이라고 하겠다.

　공간은 소설의 가장 중심 요소다. 인물도 공간 속에서 창조되고 사
건의 전개도 공간의 이동이란 형태로 드러난다. 인물이 성장하는 과
정을 드러내는 시간도 공간과 결합되어야만 존립할 수 있다. 소설의
공간은 작중인물이 살아가는 우주적 환경을 그 범주로 한다. 그러나
소설의 공간은 실제의 공간이 아니라 작가에 의해 창조된 것이다. 즉
언어에 의해 창조된 공간인 셈이다.

　소설의 인물은 이처럼 창조된 공간의 도움을 받아서 개성을 지니
게 되고 스토리도 리얼리티를 획득하게 된다. 이는 연극이나 영화에
서도 마찬가지다. 연극에 있어서는 고정된 무대 장치가 공간의 역할

을 하면서 사건 전개의 초점이 된다. 영화에 있어서는 여러 개의 장면이 빠르게 변환되는 과정을 거치게 된다. 영화의 역동성은 이런 빠른 장면의 변화에서 가능해진다. 이런 공간의 도움으로 연극이나 영화의 스토리가 박진감을 지니게 된다.

소설의 공간은 작가의 상상력에 의한 것이어서 연극이나 영화보다도 더 자유롭다. 소설적 공간에는 인간 삶의 현장인 우주의 현실공간은 물론이고 과거의 불확실한 기억이나 회상, 꿈이나 미래의 예상 등에서 환기되는 비현실적인 공간 설정도 가능하다. 산, 들, 바다 같은 자연물에서 공장, 골목, 집 등의 인공물은 물론 '일몰 때의 광막한 사막'이나 '박쥐가 들락거리는 깊은 동굴' 등으로 일상적이지 않은 공간도 필요에 의해서 창조될 수 있다.

소설의 장르 구분에 있어서 도시소설, 농촌소설은 공간적 범주다. 탐정소설, 공상소설 등도 특별한 공간의 설정이 요구된다. 톨스토이의 역사소설인『전쟁과 평화』는 광대한 러시아의 전 국토가 대상 공간이다. 멜빌의 해양소설인『백경』은 흰 고래를 찾아 헤매는 선원들을 태운 포경선과 망망한 대해를 공간으로 한다. 그런 공간 설정이 소설의 감동을 이끌어내는 핵심이 되기 때문이다. 탐정소설의 경우 범죄자를 쫓는 과정에서 여러 기이한 공간과 만나게 된다. 애정소설의 경우도 산책길이나 여관, 또는 침실이라는 공간이 동원된다. 인물이 사건과 연계되어 활동하는 환경이 모두 공간이다. 그렇기 때문에 작가가 설정하는 공간의 배경과 분위기는 바로 그 작품 전체의 배경이고 분위기가 된다. 공간은 그런 점에서 작품 형상화의 가장 기본적인 토대가 된다.

일반적으로 작가들이 처음 작품을 시작할 때 특정 인물이 언제 어디서 무슨 일을 하고 있다는 식으로 사건을 전개한다. 이럴 때 어디라는 공간은 언제라는 시간을 포괄하면서 무슨 일이 일어날 수 있는 결정적인 단초를 제공한다. 그런 단초를 시발로 소설의 사건은 한 공간에서 다른 공간으로 이동하면서 진행된다. 사건이란 이 공간의 이동 경로인 셈이다. 좋은 소설은 결과적으로 적절한 공간의 선택에서 성취된다. 작가는 공간의 디테일한 묘사를 통하여 사건의 리얼리티를 확보한다.

공간의 그러한 중요성 때문에 작가의 공간 설정은 대체로 작가의 체험과 긴밀하게 연관된다. 즉 공간의 세밀한 부분까지도 자세히 묘사하기 위해서는 작가 자신이 체험을 통해서 잘 알고 있어야 하기 때문이다. 이광수의 『무정』에서 주인공 이형식과 김영채의 고향은 평안북도 '정주'로 되어 있다. 이는 이광수의 고향이 정주라는 사실과 일치한다. 이효석의 『메밀꽃 필 무렵』의 공간은 평창의 '봉평'이다. 그곳 또한 이효석의 고향이다. 채만식의 『탁류』는 채만식의 고향인 '군산'을 그 배경으로 하고 있다. 김승옥의 『무진기행』은 그의 고향인 '순천만'을 배경으로 한다.

작가는 치밀한 묘사로 독자의 기억 속에 사건의 현장을 생생하게 재현할 수 있어야 한다. 그런 필요성에서 작가는 자신의 과거 체험들을 작품 묘사에 투입하게 된다. 이때의 체험은 작가의 기억에 강하게 남아 있는 종류가 된다. 작가가 유년기적 체험을 작품의 소재로 삼게 되는 것도 이런 이유 때문이다. 독자는 작가의 체험을 자신의 체험으로 수용하는 방법으로 작품적 공감대를 형성하게 된다.

물론 그렇지 않은 경우도 많다. 그럴 경우 작가는 추체험의 방법으로 공간을 활용한다. 역사소설인 경우 작가는 역사적 당대 속으로 들어가 가상적인 체험을 하게 된다. 모험소설이나 탐정소설의 공간도 대부분 작가의 추체험의 결과물이라고 할 수 있다. 『걸리버 여행기』에서 난쟁이 나라나 거인의 나라도 그런 상상적인 체험의 서술인 셈이다. 작가가 특정 공간 속에 자신을 투입하여 실제처럼 디테일하게 묘사하는 과정을 통하여 독자의 공감을 이끌어내게 된다. 이런 경우라도 공간 묘사의 미세한 부분에서는 작가의 체험이 활용되기 마련이다. 그런 까닭으로 한 편의 소설은 곧 작가 자신의 우주가 되는 셈이다.

작가가 공간을 다루는 방법의 양상으로 졸저 단편 「겁화경(劫火經)」을 예로 들어 볼 수 있다. 이 작품의 경우 배경은 산촌이다. 주인공 임 노인이 산불을 피해 몰려오는 뱀을 잡는 장면으로 사건은 시작된다. 그리고 뱀독이 깨지면서 기어 나온 뱀에 물려 죽는 장면에서 사건이 종결된다. 공간이란 측면으로 요약하면 산촌의 '길'과 '집'이다. 길에서 뱀을 만나고 길에서 과거를 회상한다. 뱀을 잡아 집으로 돌아와서 임이네와 박 영감을 만난다. 산불이 성황당을 태우자 마을 사람들이 집으로 몰려오고 임 노인은 그들에게 쫓기다가 뱀에 물려 죽는다. 이런 '길'과 '집'의 공간을 사건과 결부하여 보다 세분하면 다음의 양상이 된다.

'햇살이 내리쬐는 돌각담' → '임 노인의 눈에 보이는 수리봉 중턱의 산불' → '졸음 속에서 떠올려지는 뱀들' → '살모사가 환기하는 유년기적 분이와의 추억(보리밭 기타)' → '김 선생과의 조우(지난겨울에 잡은 구렁이의 기억)' → '솔바우재의 비탈길에서 만난 살모사' → '집 뒤켠의 뱀독(박 영감의 방문)' → '두 노인의 추억(임오년의 산불로 마을이

전소됨)' → '뱀탕을 마시러 온 박 영감과 임이네의 합방' → '산불로 수리산 성황당 전소' → '마을 사람들의 분노(산불의 원인이 임이네의 불륜 결과로 파악)' → '마을 사람들의 습격, 가구를 부수고 뱀독도 깨어 버림' → '마을 사람들이 돌아간 후 마당으로 들어서던 임 노인이 살모사에 물려 죽게 됨'

이런 일련의 사건들은 공간의 이동과 함께 진행된다. 현재의 시간과 과거 회상의 시간, 또는 사건의 단초를 제시하는 여러 예시 등이 결합된다. 사건과 공간이 밀착되어 있어서 공간만 따로 떼어내기에는 매우 어렵게 된다. 공간 속에 현재의 시간과 과거의 기억, 미래의 기대가 포함될 뿐 아니라 인물의 심리적 느낌, 주위의 환경적 분위기가 모두 수용된다. 사건의 전개는 그대로 공간의 이동이다. 소설 자체가 곧 공간이라는 느낌을 줄 정도다. 소설에서의 공간이 그만큼 중요하다는 의미가 될 것이다.

리얼리즘 소설과 의식의 흐름소설

노블(novel) 또는 픽션(fiction)으로 알려진 현대소설은 그 사조적 경향이 다양하다. 그런 중에도 가장 중심적인 두 축을 형성하는 것은 '리얼리즘 소설'과 '의식의 흐름소설'로 나누어 볼 수 있다. 전자가 소설의 사회적 기능에 역점을 둔 것이라면 후자는 개인의 내면심리를 통하여 인간의 본질을 드러내고 있다. 그런 점에서 두 경향은 매우 상대적인 위치에 있게 되고 그리하여 그 방법론에서도 뚜렷한 차이가 있다.

현대소설은 과거의 로망스나 설화에서 벗어나 사회적 현실을 사실 그대로 드러내려는 기법을 활용하고 있다는 점에서 소설 자체를 아예 '리얼리즘(realism)'으로 표현하기도 한다. 즉 현대소설은 개인의 서정이나 관습 같은 개성의 표현이라기보다 사회적 현실 그 자체를 있는 그대로 반영(反映)함으로써 현실의 구조적 진실을 정확히 드러내려고 한다는 점이다. 그리하여 오늘의 사회가 지니고 있는 모순을 고발하고 삶의 진실을 바르게 파악할 수 있게 한다는 것이다. 이는 인간 개인도 사회적 소산이라는 명제에서 출발한다.

'리얼리즘 소설'에서 사회적 현실을 바르게 드러내는 방법으로 반영(反映, reflextion)이란 용어가 즐겨 사용된다. 여기서 반영이란 사회의 단순한 모방(copy)이 아니라 그 사회의 모순과 갈등이 포괄적으로 드러나도록 구조화한다는 의미기도 하다. 즉 사회의 모든 양상이 구체적이고 세밀하게 표현되어서 그 사회의 구조적 모순이 어디에 있는가를 밝히는 작업이라고 할 수 있다.

그러기 위해서 등장인물도 사회 각 구성원의 특성을 잘 대변할 수 있는 전형적(典型的, typical) 인물이 선택되어야 하고 각 인물들은 자신의 계층을 대변할 수 있는 인물로 형상화되어야 한다고 보는 것이다. 정치인이나 자본가 또는 노동자나 소시민에 이르기까지 그 계층을 대변할 수 있는 전형화된 인물을 설정하여 그들의 활동을 세밀히 보여줌으로써 당대 사회의 갈등 요인이나 체제적 모순 등이 저절로 드러날 수 있어야 한다.

이는 개인적 감성 중심의 소설 구조를 사회의 갈등 구조로 바꾸어 가는 과정으로서 특히 공산주의나 사회주의 문학가들이 선호하는 방법론으로서 '사회주의 리얼리즘'이 탄생하게 된 배경이 되기도 한다. 이들은 문학이 사회의 변혁에 기여해야 한다는 이론적 바탕을 지니고 있으며 우리나라의 경우 1920년대 '카프(KAFP)' 계열의 문학가들을 중심으로 활발하게 전개되었고 현재에도 참여문학을 주장하는 많은 소설가들이 줄기차게 주장하는 바이기도 하다.

'리얼리즘 소설'의 중요한 특성의 하나는 이상주의에 대해서 반대 개념으로 사용되는 경향이 강하다. 그리하여 작품 주인공도 정치지도자나 탁월한 천재 등을 주인공으로 삼기보다는 도둑이나 사기꾼 같은 사회의 부도덕한 하층 인물들을 주인공으로 선호하며 그들의 삶이 사회의 부정적 구조를 드러내게 하는데 도움이 된다고 보고 있다. 일제강점기 최서해의 「탈출기」 등은 식민지 사회가 만들어 낸 극도의 빈곤상태를 표현함으로써 사회적 구조의 모순을 적나라하게 드러내고 있다.

　이들은 '리얼리즘 소설이 인간 경험의 완전하고 믿을 만한 보고(報告)로써 현실에 대한 정확한 묘사가 전제되어야 한다고 생각한다. 그리하자면 다른 문학양식보다 시간적 공간적 환경에 놓인 개별적 경험을 더욱더 직접적으로 묘사하고자 한다. 세밀하고, 풍부하고, 정성을 기울인 정확한 묘사를 통하여 시각의 명료화를 의도한다. 그리하여 주어진 현실적 사회의 구조를 사실적으로 꾸밈없이 포괄적으로 드러내려고 한다.

　이에 비하여 '의식의 흐름(stream of consciouness) 소설'은 인간의 내면심리를 작품의 중심에 두려고 하고 있다. 그런 점에서 '신 심리주의 소설' '현대 심리분석소설'이라고도 부른다. 이는 리얼리즘 소설의 상대적인 개념이긴 하지만 인간 내면심리를 철저하게 과학적인 수준까지 분석적으로 추적한다는 점에서 '심리적 리얼리즘'이란 용어를 붙이기도 한다.

　'의식의 흐름소설'에서 가장 중요시되는 것은 인간의 내면심리를 자동기술적(自動記述的)으로 표현하려는 노력이다. 즉 인간의 내면에 흐르는 무의식적인 생각의 전개까지도 표현해 보려는 노력이라고 할 수 있다. 여기서 흐름이란 매시간 변하는 인간 내면의 심리를 표출되는 순간순간에 포착하는 것으로서 생각의 연쇄반응을 기록하는 것을 말한다. 그리하여 어느 특정 시간에 개인의 의식 속에 나타나는 감각, 사고, 기억, 연상 등의 부단한 유동을 빠짐없이 표현하려는 노력이다. 즉 순간적으로 마음속을 스쳐 가는 생각의 번쩍임을 순간순간 포착하려는 것이다.

이는 1910년대에 제임스 조이스 등에 의해서 시도되었는데 『젊은 예술가의 초상』 『율리시즈』 『댈러웨이 부인』 『등대를 향하여』 등의 작품이 있다. 우리나라에서는 1930년대 이상의 「날개」 「종생기」 등에서 시도된 것이기도 하다. 어떤 의미에서 현대 소설가의 대부분이 인물 표현에서 즐겨 사용하는 기법이라고 할 수 있다.

'의식의 흐름소설'은 가장 대표적인 기법으로 마음속으로 흐르는 '의식의 흐름'을 자동기술적으로 표현하려는 노력이 돋보이고 있지만 그 밖에도 현현(顯現, epiphany)과 자서전적(自敍傳的) 기법, 반복적 이미지 등이 활용된다. 현현(epiphany)이란 어떤 신적인 초자연적 현상을 통한 깨달음을 말한다. 이상의 「날개」에서 주인공이 겨드랑이의 가려움을 느끼며 '날개'의 필요성을 절감하는 의식 같은 것이다. 자서전적 기법은 일기 등의 수법을 통하여 자신의 내면을 독백 형태로 드러내는 방법이다. 반복적 이미지는 언어의 보수적인 특성을 극복하는 방법이다. 언어는 경우에 따라서는 지나칠 정도로 제한적이고 융통성이 모자란다. 그리하여 마음의 분위기라든지 기억과 감정 등을 전달하는데 시적 이미지를 반복적으로 사용함으로써 정확한 마음의 상태를 표현한다.

심리주의 소설가의 입장에서 보면 가장 진실된 인간의 내면은 작가의 의도된 목적에 따라 구성되는 것이 아니라 혼란스런 무의식의 다양한 흐름을 그대로 재현(再現)해 놓을 때 보다 더 진실에 접근할 수 있다고 보는 것이다. 이는 프로이드나 융의 심리분석에 의한 이론적 뒷받침 속에서 그 과학성이 상당히 증명된 것이기도 하다. 포크너의 『음향과 분노』 같은 작품은 한 백치 소녀의 내면의 흐름을 추적함으로써 한 개인의 심적 전개를 가장 리얼하게 추적할 수 있었다.

이러한 두 경향을 검토할 때 리얼리즘 소설이 당대의 시대와 사회의 근본적 구조를 잘 반영할 수 있는 적절한 방법론이라면 인간 개인의 고뇌나 사색을 드러내는 점에서는 '의식의 흐름' 소설이 보다 적절한 방법론이라고 하겠다.

그리하여 현대소설의 두 축은 '리얼리즘 소설'과 '의식의 흐름소설'로 정착되고 있다. 이 두 경향은 한 작품 속에서 작가의 필요성에 따라서 선택되고 또는 혼용되면서 시대정신을 탐색하고 개인의 심적 변화를 밀도 있게 추적하기도 한다. 이런 방법론이 결과적으로 소설적 감동을 극대화하는데 기여하게 되기 때문이다.

소설(novel)의 출발과 문예사조적 양상

소설(novel) 이전의 초기 서사문학으로 흔히 신화나 서사시 또는 로 망스를 든다. 신화는 그 주인공이 신(神)이라면 서사시의 주인공은 대체로 영웅이다. 로망스의 경우는 기사(騎士)와 같은 귀족층이다. 그 런데 비하여 오늘날의 소설은 그 주인공이 우리들 자신이기도 한 선 남선녀(善男善女)가 된다. 그런 점에서 소설(novel)은 자아(I-ness)의 증 대와 밀접한 관계를 지닌다.

소설(novel)은 그 전 단계의 로망스(romance)와 비교해 보면 그 특징 이 두드러진다. 즉 로망스는 인간의 욕망 충족의 꿈을 표현한 것으로 서 선(善)한 주인공과 아름다운 여주인공이 그들의 이상을 구현해 가 는 과정이다. 그 과정에서 악인의 방해와 위협을 받게 된다. 이때의 기본 구조는 모험이다. 로망스는 위험으로 가득한 여행을 통하여 많 은 도전을 체험하게 되고 치열한 투쟁을 통해서 마침내 승리하는 변 증법적 구조를 지닌다.

이에 비해서 소설(novel)은 인간의 삶을 그 대상으로 하고 있고 경 험의 세계를 다룬다는 점에서 로망스와 일치하지만 감상적인 접근을 거부하고 독자를 계몽하려는 의도를 지니고 있는 점에서 그 차이가 있다. 즉 역사의식이나 사회의식이 뚜렷하다는 점에서 로맨스와 다르다. 여기서 중요한 것은 자아성(I-ness)의 신장과 확대라는 점이다. 경험주의적 세계관과 인간세계의 다양성이 중요시된다. 문학 장르 중에서 가장 처음으로 인간을 인간답게 보여준 것이 소설이라 할 수 있다. 여기서 사람은 과거와 현재와 미래를 지닌 존재로서 역사적이고 사회적 존재라는 점이 부각되고 있다.

이런 소설(novel)은 일반적인 문예사조와 맥락을 같이 한다. 문학의 근대사조는 헬레니즘과 헤브라이즘을 그 뿌리로 한다. 헬레니즘은 그리스의 신화를 바탕으로 하고 있고 헤브라이즘은 기독교 정신이 그 바탕이다. 헬레니즘이 현세적 인간 본위라면 헤브라이즘은 내세적 신본주의다. 헬레니즘은 근대에 이르러 리얼리즘으로 꽃피고 헤브라이즘은 낭만주의를 꽃피게 했다.

이런 두 사조를 기저로 해서 문예부흥기 이른바 르네상스(Renessance) 운동이 일어났다. 이는 중세의 암흑 시기를 극복하여 인간성을 재생하려는 운동으로서 신본위에서 인간본위로 변이되는 과정이기도 하다. 문예부흥은 세계의 발견과 인간의 발견으로 요약된다. 세계의 발견은 신대륙의 발견을 의미하며 인간의 발견은 신본위에서 탈피하여 생활의지와 과학적 정신 경험주의와 실증주의의 모태가 되었다. 문예부흥기의 작가로『신곡』의 작가인 단테,『데카메론』을 쓴 보카치오 등이 있다. 후기에 세르반테스의『돈키호테』, 세익스피어의 명작들도 이때에 나온다.

고전주의는 17세기 프랑스에서 일어나 주변국으로 번져간 것으로 이성(理性)에 의한 조화를 추구한다. 고전주의의 근본적 특색은 이성과 직관과의 조화에 의해 인간의 본성이 처음으로 완전한 것이 된다

　　　　　　　　　　　　　홍성암의 소설론 산책

는 가정에서 출발한다. 고전주의는 내용과 아울러 형식을 존중하고 이 두 가지의 조화에 의해 평정과 안식을 추구한다. 고전주의는 질서의 미(美)이고 따라서 조화의 미와 균정의 미를 중요시하며 여기서 발생하는 안식, 온화, 우아를 소중히 여긴다. 따라서 고전주의는 당대의 사회질서라든지 도덕관념 등을 안전하게 유지한다. 몰리에르의 『수전노』『돈쥬앙』 라시느의 『페드르』 등의 작품이 있다.

낭만주의는 18세기 후반에서 19세기 전반에 걸쳐 독일, 영국, 프랑스 등에서 일어난 문학운동이다. 고전주의가 지나치게 보편적, 유형적인 것을 중요시한데 반발하여 개성적이며 자유분방하고 이상주의적인 것을 추구했다. 여기서 중요한 것은 ①개인의식 ②반항의식과 이상주의 ③신비주의 ④회의와 우울 ⑤중세와 이국취미 ⑥암시와 주관적 문체 등의 특징을 살필 수 있게 된다. 괴테의 『젊은 베르테르의 슬픔』『파우스트』 노발리스의 『푸른 꽃』 호프만의 『황금 항아리』 위고의 『레미제라블』 등의 작품이 있다.

사실주의는 19세기 후반에 시작되어 1850년을 전후한 시기에 일어난 문예사조다. 주로 소설을 중심으로 활발하게 전개되었다. 사실주의적 기법은 자연주의에 이어져 근대문학의 절정을 이룬다. 사실주의에서는 ①비인간적 몰인격적 ②무감각 ③일물일어(一物一語)식 표현 등이 강조되었다. 프랑스의 발자크와 플로베르, 영국의 디킨즈, 러시아의 푸시킨 등이 사실주의 작가로 알려지고 있다. 플로베르의 『보바리 부인』 스탕달의 『파르므의 승원』 등을 들 수 있다.

자연주의는 19세기 후반 낭만주의에 이어 사실주의와 거의 같은 시기에 일어난 문예운동이다. 어디까지나 자연과학의 정신에 입각하여 사실이나 진실을 찾는 사상이다. 자연주의는 ①과학적 작업 ②추한 수성(獸性)의 묘사 ③인생의 단면 ④섬세한 환경묘사 등을 그 특징으로 하고 있다. 에밀 졸라의 『루공마카르 총서』 모파상의 『비계덩어리』 등이 그 대표적이다.

상징주의는 19세기 말인 1885년경부터 1900년경까지 프랑스에서 일어난 문학운동이다. 이 상징주의는 보들레르 등 시인에게서 활발히 전개되었는데 시집 『악의 꽃』이나 산문집 『파리의 우울』 등을 통해서 사물에 대한 과학적 태도에서 벗어나 하나하나의 현상을 독립된 개성적인 것으로 보며 그 하나하나의 형상이 소우주적 전체를 형성한다고 생각한다. 이런 경우 세계는 상징의 집합이다. 이 사조는 사실주의에 대립하고 자연주의와도 대립되는 입장을 취한다. 앙드레 지드의 『사랑의 시도』 등이 있다.

소설에 있어서 현대성의 문제는 1913년을 전후한 시기에 의식의 흐름(stream of consciousness) 소설이라고 불리는 일련의 소설들이 출현하면서부터 제기되었다. 푸르스트의 『잃어버린 시간을 찾아서』 버지니어 울프의 『등대를 향하여』 제임스 조이스의 『율리시즈』 『더블린 사람들』 같은 작품들이 그것이다.

이들 작품들은 노블(novel)의 개념으로 정착한 근대 리얼리즘 소설과는 큰 차이를 보였다. 근대 리얼리즘 소설이 로망스적 특성에서 벗어나는 과정은 주인공에 있어서 서민층의 선남선녀(善男善女) 설정, 사건이나 배경에 있어서 일반 시민들의 일상적 생활상, 묘사에 있어서 당대의 사회상을 진실되게 드러내려는 태도와 접맥된다. 그런데 의식의 흐름소설은 종래의 리얼리즘 소설과는 달리 인간 내면의식까지도 떠오르는 순간순간에 포착하여 그대로 드러내려는 특별한 기법을 사용하였는데 이는 그 기법에 있어서 매우 혁신적인 것이었다. 그리고 이러한 기법의 소설은 오늘날에 이르러서는 현대성의 대표적인 경향으로 인식되고 있다.

현대소설의 또 하나의 경향은 실존주의 문학에서 찾아볼 수 있다. 양차 세계대전을 체험하면서 기존의 가치 체계에 대한 불신과 새로운 가치관의 정립을 모색하는 과정에서 발생한 문학이 실존주의 문학이라고 할 수 있다. 사르트르와 까뮈로 대변되는 이들 문학은 세계대전의 와중에서 인간 생존의 문제, 신의 존재의 문제, 사회에 대한 참여 여부의 문제 등에 대하여 상당한 논란을 불러 일으켰다.

이 실존주의 문학은 인간 존재에 대한 깊은 탐색의 과정을 보여주는 매우 진지한 자세의 문학이라고 할 수 있다. 실존주의 문학은 한계 상황에 처한 인간의 생존 조건 속에서 스스로 선택해야 하는 인간 삶의 양상을 성찰한다. 이러한 노력은 양차 세계대전으로 중세의 종교적 가치관에 대한 회의와 그 공백을 메꾸어야 할 새로운 가치관의 정립의 필요성과 맥락을 같이한다. 이때의 작품으로는 까뮈의 『이방인』 사르트르의 『구토』 같은 것이 있다.

그밖에도 양차 세계대전 후에 기존의 소설 형식을 거부하고 새로움을 시도한 소설들이 있었다. 즉 '비트문학', '앙티로망'으로 불리던 일련의 소설들과 근래에 활발히 논의되고 있는 '포스트모더니즘' 소설, '페미니즘' 소설 유형이 그것이라고 하겠다. 비트문학은 미국을 중심으로 전개되었는데 일종의 시대반항 문학이다. 기존적인 모든 것을 거부하려는 태도이다. 앙티로망은 프랑스에서 발전된 것으로서 서술기법에 있어서의 변혁이다. 즉 문법적 논리적 서술 전개를 파괴하고 있다고 할 수 있다. 페미니즘 소설은 여성중심주의를 표방

한 것이다. 포스트모더니즘은 기존적인 모든 형식을 바꾸어 보려는
실험적인 소설이라고 할 수 있다. 이러한 문학적 흐름을 통해서 새로
운 소설이 시도되고 있다.

소설의 독자와 소설 읽기의 요령

독자가 소설을 읽게 되는 것은 소설이 주는 유용성 때문이라고 할 수 있다. 여기서 유용성이란 우주나 인생에 대한 지식이나 교훈 또는 깨달음을 포함한다고 할 수 있다. 이는 또한 작가가 소설을 쓰게 되는 이유이기도 하다. 작가는 우주와 인생에 대해서 특정 의식을 지니도록 유도하기도 하고, 직접 행동으로 참여하도록 격려하기도 하고, 인간적 한계를 초극하려는 노력을 보이기도 한다.

그리하여 소설은 평범한 일상적 현실 속에서 무엇인가 기막힌 것이 일어나 주기를 기대하는 독자의 기대지평선을 만족시켜 준다. 그런 과정에서 결핍된 체험을 보완시켜 주기도 하고 금지된 과일을 따먹는 즐거움도 느끼게 한다. 현실적으로 쉽게 이루기 어려운 욕망, 즉 간음이나 살인, 도둑질 같은 것도 소설 속에서는 가능하며 이런 욕망이 환기하는 마음속의 죄의식도 극복할 수 있게 된다. 그리하여 평소에는 달성할 수 없는 이드(Id)적 욕망도 간접적으로 체험케 하여 카다르시스적 해방감을 맛볼 수 있게 한다.

이런 해방감은 독자가 작중인물과 자신을 동일시하여 얻게 되는 대리만족을 통해서 가능해진다. 독자는 소설을 통하여 자신이 만나기를 원하는 인물들을 만나기도 하고, 스스로 행할 수 없는 극적이고 처절한 종류의 비극이나 모험을 추체험하기도 한다. 이런 과정을 통하여 독자는 삶을 보다 정열적으로 사랑할 수 있게 되기도 하고, 자신을 에워싸고 있는 문제들과 시련에 대결하려는 용기를 지니게도 된다. 이러한 점들이 독자가 소설을 읽게 되는 매혹이라고 할 수 있다.

소설은 단순히 지식의 축적을 위한 것이 아니고 또한 도덕적 이념만을 의도한 글도 아니다. 그렇기 때문에 독자가 소설을 읽을 때 암기식 지식의 축적만을 의도할 필요도 없고 또한 도덕적 이념에 매달릴 필요도 없다. 소설은 재미를 포함하는 일종의 발견을 의도한 성격이 강하다. 그리하여 다양한 방법으로 재미를, 지식을, 진리의 발견을 표출한 것이므로 독자는 평소의 독서 습관을 활용하여 자기 방법에 맞는 소설 읽기를 선택하면 된다.

그러나 독자의 소설 읽기 습관은 개인적으로 형성된 것이어서 더러는 비효율적인 경우도 없지 않을 것이다. 그런 점에서 몇 가지 소설 읽기의 요령을 익혀 두면 도움이 될 수도 있을 것이다.

우선 소설 읽기는 동기적 측면에서 볼 때 특별한 목적을 지니지 않고 즐기기 위해서 읽는 경우와 특정한 목적을 성취하기 위해서 읽는 두 가지 경우를 상정할 수 있다. 전자의 경우 소설은 다른 장르에 비하여 상대적으로 대중성을 지니고 있다는 점에 유의할 필요가 있다. 이런 대중성은 일반인의 호기심 충족과 밀접한 관련을 지닌다. 이때의 호기심이란 반드시 고급한 것만은 아니다. 은밀히 상대방의 행동이나 내면을 훔쳐보는 엿보기식 호기심인 경우도 많다. 그런 욕구를 충족시키기 위한 경우에는 소설 읽기도 파한(破閑)의 성격이 된다. 즉 심심

홍성암의 소설론 산책

풀이식의 읽기라고 하겠다. 한가하거나 권태로운 시간을 메꾸기 위해서 가벼운 마음으로 한 권의 소설을 읽는 경우가 여기에 해당된다.

특정한 지적 욕구를 만족시키기 위해서 소설을 읽게 되는 경우도 많다. 농촌의 실상을 파악하기 위해서 '농촌소설'을 읽는다든지 특정시기의 역사를 알기 위해서 '역사소설'을 택할 수도 있고 사회적 이념에 접근하기 위해서 '사회이념 소설'을 택할 수도 있다. 이때의 소설 읽기는 특정의 지식과 더불어 작가의 개성적 안목을 살피게 된다. 즉 역사소설인 경우에 역사가 주는 교훈을 작가가 어떤 안목으로 수용하고 있느냐에 관심을 가질 수 있다. 『단종애사』에서의 수양대군은 난폭한 역적이지만 『대수양』에서의 수양대군은 위대한 정치 지도자가 된다. 이러한 안목을 통하여 독자는 자기 나름의 역사적 안목을 키울 수 있다.

소설 읽기의 요령으로 다음 세 가지 경우를 상정할 수 있다. ①작가의 의도를 정확히 파악하며 읽는 경우와 ②비평가적 입장에서 작품의 가치를 평가하며 읽는 경우 ③수용미학적 입장에서 독자의 기대지평선을 만족시켜 나가는 방법의 읽기가 그것이다.

첫째, 작가의 의도를 파악하며 읽는 경우다. 이때도 두 가지 양상을 생각할 수 있다. 하나는 순수주관에 의지하는 경우다. 작품을 대하면서 사심 없는 마음으로 읽게 되면 감정이입의 과정을 통하여 작가와 동일한 심성이 될 수 있게 된다. 이는 심미비평 또는 인상주의 비평에서 흔히 활용하는 읽기의 방법인데 이때의 독자는 편견 없이 작품에서 느껴지는 감동을 천진한 심정 그대로 받아들이는 경우가 된다.

또 하나는 분석적인 방법으로 작가의 의도에 접근하는 방법이다. 작가의 표현 언어나 인생관 및 세계관, 작가의 창작 의도 및 외상(trauma) 등을 살피며 읽는 경우다. 그리고 작가가 소재를 취급하는 방향이나 인물 설정 양상, 플롯 만들기, 묘사와 서사, 대화, 그리고 시점과 분위기 등의 설정 양상을 분석적으로 살피는 방법이다. 이들 요소가 작품 형성의 핵심 요체가 되기 때문이다.

둘째, 비평가적인 안목으로 작품을 읽는 경우다. 이런 경우 다양한 탐색이 가능하지만 일반적으로는 작품 비평의 기준이 되는 진실성, 창조성, 효용성, 객관성과 일관성 등을 살피는 작업이 된다. 진실성은 작품이 당대의 세계를 구현해내는 태도와 관계된다. 소설이 우주의 모방이라는 관점에서 작품이 현실을 어떤 양상으로 반영하고 있는가를 살피는 것인데 이런 경우 시대정신이나 현실적 사회상이 잘 반영된 정도를 파악하여 작품의 우열을 평가하게 된다.

창조성은 작가의 천재성과 개성이 어떻게 작품에 구현되고 있는가를 살피는 작업이다. 특정 작품의 우수성은 그것을 창작한 작가의 재능과 밀접한 관계를 지닌다. 세상을 보는 안목이나 가치 판단이 작가의 개성에 따라 제각기 다르기 때문이다. 효용성은 작품이 당대의 독자들에게 끼친 영향관계를 살피는 것이다. 『톰 아저씨의 오두막집』이 흑인 노예해방을 촉진시켰고, 고리끼의 『어머니』가 사회주의 혁명을 성공시키는 계기로 작용한 것 등은 소설의 효용성을 잘 드러낸 경우다. 객관성과 일관성은 작품의 구조적인 특성을 밝히는 것으로서 형식주의 문학론에서 익숙하게 사용되는 방법이다. 좋은 작품은 자신이 지니어야 할 구조적 특성을 제대로 구비해야 한다는 주장이다. 아리스토테레스가 그의 『시학』에서 밝힌 플롯론도 여기에 속한다고 할 수 있다.

셋째, 수용미학적 입장에서 소설을 살피는 경우다. 즉 소설을 읽을 때 그 작품이 독자의 기대지평선을 충족시켜 나가는 과정을 검토하면서 읽는 방법이다. 일반적으로 독자는 소설을 읽기 전에 그 소설을 읽었을 때 예견되는 어떤 기대를 갖기 마련이다. 이런 기대는 소설의 재창조와 밀접하게 관계된다. 독자는 소설을 읽으면서 마음속에 그 내용을 재구성한다. 즉 비평안을 발동시켜서 자신을 감동시킬 수 있는 바람직한 형태의 소설을 마음속으로 만들어 간다는 말이다. 독자는 작품 속에서 자기에게 필요한 부분만을 받아들이고 나머지는 버리거나 수정한다. 이런 소설 읽기는 평소에 늘 행해지는 것이지만 이론적으로 설명되기 어려운 것이어서 아직 이론적 정립이 미숙한 단계이기도 하다.

소설에서 작가의 의도나 그 작품이 지니는 미적 가치나 구조는 독자의 반응과 늘 일치하는 것은 아니다. 독자의 독서 행위에 따라서 작품의 의미는 얼마든지 확대되고 새로워질 수 있기 때문이다. 독자는 소설을 읽으면서 작가가 주장하는 가치에 대해서 항상 회의하며 자신이 견해와 비교하여 자신이 인생관은 수정하거나 보완하기도 한다.

소설은 지적인 욕구보다 정서적인 욕구를 만족시키려는 예술인만큼 소설이 환기하는 감흥과 감동이 얼마나 지속될 것인가도 중요하다. 책을 읽는 동안 감동 속에 잠겼다가도 책을 덮는 순간 회의를 품게 되는 그런 종류의 소설도 허다하다. 오랫동안 자신의 마음속에 여운을 남길 수 있는 소설이 좋은 소설이고 독자는 그런 감동의 여운을 인정하면서 그것의 실체가 무엇인가를 탐색하는 것도 필요하다.

소설 쓰기의 기본적인 자세와 요령

소설을 쓰려는 사람이 제일 먼저 부딪치는 기초적인 명제는 "무엇에 대해서 쓸 것인가"라고 할 수 있다. 이런 과제는 작가의 사상과 이념을 드러내는 주제적인 특성이 되기도 하고 또한 그 사람이 처한 환경적 조건에서 파생되는 소재적인 특성이 되기도 한다. 글의 주제와 소재는 서로 표리관계이면서 인과 관계로 얽혀 있기 때문에 경우에 따라서는 그 구분이 모호한 경우도 많다. 그런 점을 감안하여 작가가 작품을 창작할 때 접근하는 일반적 습성이란 측면에서 몇 가지를 말해 보고자 한다.

첫째, 작가는 자신의 체험 영역을 다루어야 한다. 여기서 체험이란 자신이 직접 겪은 경험을 포함해서 보고, 듣고, 읽어서 알게 된 모든 분야가 해당된다. 가급적이면 그런 경험을 구체적으로 다른 사람에게 전달할 수 있도록 해야 한다. 그런데 이때의 체험은 자신만의 것으로 한정되어서는 안 된다. 자신의 체험이 다른 모든 사람들에게도 해당되는 보편화의 과정이 되어야 한다. 내 자신만의 관심사가 될 경우 이를 문학용어로 사사화(私事化)라고 하는데 그럴 경우 다른 사람

홍성암의 소설론 산책

들은 '강 건너 불 보듯' 관심을 두지 않게 되기 쉽다. 글은 개인의 체험이 인류의 체험으로 보편화될 때 높은 문학성을 지니게 된다. 그런 체험이 진리에 근접하기 때문이다. 그래서 아리스토테레스는 '역사보다 문학이 더 진리에 가깝다' 라고 평가했던 것이다.

둘째, 자신의 글이 우주의 새로운 발견 또는 우주의 재창조의 성격이 되어야 한다. 남들이 미처 생각하지 못했던 것을 새삼 깨우쳐 주고 남들이 미처 발견하지 못했던 것을 새롭게 깨닫게 해주는 것이다.
장곡토의 "내 귀는 소라껍질 / 먼 바다의 음향에 귀를 기울인다" 라는 시가 있다. 내 귓바퀴가 소라껍질을 닮았다고 하는 평범한 발견과 그래서 그 소라가 태어난 먼 바다의 음향에 귀를 기울인다는 2차적인 발견, 거기에 덧붙여져서 내 귀는 내가 태어난 태초의 고향 먼 이상향을 추구한다는 발견으로 확대되면서 새로운 세계를 재창조하게 된다. 하느님이 창조한 완벽한 우주를 인간들은 제대로 파악하지 못하고 있다. 시인들의 예지로, 문학인들의 언어로 재창조의 과정을 통하여 우리가 살고 있는 이 세계가 더욱 풍성하고 완벽하게 되는 것이다.

셋째, 문학의 본령이 삶의 성찰에 있음을 잘 인식해야 한다. 삶의 성찰이란 우리의 삶에 대한 반성을 토대로 한다. 우리의 삶을 반성하기 위해서는 먼저 인간의 존재적 특성을 파악해야 한다. 인간이란 어떤 존재인가?
먼저 인간의 불완전성을 깨달아야 한다. 이는 곧 우주의 불완전성이기도 한데 인간이 늘 불안하고 고독한 것도 이 불완전성에서 기인

한다. 실존주의에서 말하는 존재적 고독과 불안도 여기에 해당된다. 인간은 살아가면서 매번 선택해야 하고 그 결과는 스스로 감당해야 한다. 출근길에 내가 선택한 버스가 전복사고를 일으켜 나의 생애를 망칠 수도 있다. 퇴근길에 만난 우연한 친구 때문에 내 인생이 엉뚱한 방향으로 바뀔 수도 있다. 그런 모든 책임은 내게 귀속된다. 책임을 누구에게 미룰 수도 없고 아무도 그 책임을 분담하지도 못한다. 그래서 매순간 선택해야 하는 인간은 고독하고 불안한 존재인 것이다.

이런 선택들이 어떤 경우는 우연적이지만 어떤 경우는 숙명적인 경우도 있다. 종교적인 예언이나 무당의 점괘에 의해서 드러나는 경우지만 자신이 원하지 않아도 선택되어지는 경우도 있다. 개인적으로 무척 억울한 일이지만 그런 식의 운명을 피할 길이 없다. 이런 인간의 허약함을 깨닫게 되면 우리는 매사에 자신을 잃게 되고 살얼음을 걷듯 조심하게 되기도 한다. 인간이 겸손해야 하고 다른 사람의 과오도 용서해야 하는 것도 나를 비롯한 모든 인간들의 이런 불완전함과 허약함을 이해하는 까닭이다. 문학 작품에서 삶의 성찰이란 이런 인간적 한계를 깨닫는 것에서부터 시작된다.

다음은 인간의 이기심과 야만성, 속물성에 대한 반성도 필요하다. 인간은 자신의 이익을 가치의 기준으로 삼는다. 모든 가치의 판단을 자신의 이익과 결부시킨다. 현재 우리 주변에서 살펴지는 정치적 파쟁과 사회적 범죄, 경제적 수탈 등이 모두 개인적 이기심의 발로라고 할 수 있다. 인간의 욕망이 문화를 발전시키는 원동력이 되면서 그것이 또한 인류를 파멸의 길로 인도하는 핵심이 되기도 한다. 인간의 이기심이 인간을 인면수심(人面獸心)의 야만인으로 둔갑시키고 세상을 자신의 탐욕충족의 대상으로 파악하는 속물주의에 빠지게 된다. 문학은 이런 이기심과 야만성, 속물성을 적나라하게 드러내어 반성의 기회가 되도록 해야 한다.

넷째, 문학은 순수성과 참여성으로 2분 되는 경우가 많다. 순수성은 인간의 본성에 기인하는 사랑과 욕망의 문제를 다루는 것이고 참여는 시대정신에 초점을 둔다. 사랑은 인간생존의 적극적인 한 양상이다. 젊은 연인들의 에로스적인 열정은 새로운 탄생으로 이어지는 소중한 것이다. 문학은 이런 열정을 무엇보다 소중히 여긴다. 문학에서 가장 많이 다루는 소재가 바로 이 사랑이다. 에로스적인 사랑이 승화된 아가페적인 사랑도 소중하다. 어머니의 사랑이나 종교인들의 사랑이 그러하다. 문학인은 종교인과 같은 밀도로 사랑을 실천하는 위치에 있다고 하겠다. 포스터는 인간의 본성적인 것으로서 〈탄생, 잠, 밥, 사랑, 죽음〉을 들고 거기에 〈일〉을 덧붙여야 한다는 말을 한 바가 있다.

시대정신이란 측면에서 보면 문학은 사회의 각계각층이 다 함께 잘 살아보자는 의도를 표출한 것이다. 어느 사회나 공평하기 어렵다. 이 불평등을 극복하려는 노력에서 시대정신에 관심을 갖게 된다. 우리의 경우는 근대문학이 시작될 무렵의 봉건, 반봉건의 문제, 식민지의 극복문제, 공산주의와 자본주의의 갈등문제, 분단문제 등의 많은 사회적 이슈가 이어져 왔다. 현재에 이르러 빈부격차의 문제에서부터 생명존중, 환경보존 같은 경우도 모두 시대정신과 연관된다. 이런 과제들은 작가들이 접근하는 근본적인 과제가 될 것이다.

무엇에 대해서 쓸 것인가가 확정되면 어떻게 쓸 것인가를 생각하게 된다. 글을 쓰는 방법은 글의 내용에 따라서 만들어진다. 문학에서의 형식은 곧 내용이기도 하기 때문에 그 구분이 쉽지 않다. 일반적으로 설탕물과 설탕 그릇은 구분된다. 그릇의 모양이 바뀐다고 해서 설탕물 내용이 달라지지는 않는다. 그러나 문학에 있어서는 형식이 달라지면 내용의 질도 달라진다. 따라서 문학의 형식은 곧 내용이기도 하다는 말이 성립된다. 작가는 그런 문학의 특성을 염두에 두고 글쓰기를 시작해야 한다.

첫째 나타내려는 글의 본질 또는 드러내려는 진실에 직접적으로 뛰어들어야 한다. 장광요설(長廣饒舌)로 비켜가서는 안 된다. 그러기 위해서는 자신의 체험을 모두 동원해야 한다. 유년기적 기억에서부터 성년기의 체험 또는 꿈의 기억까지 모두 동원해야 한다. 그래서 한 편의 글은 그 작가의 인생의 축소판이라는 말을 듣게 된다. 자신이 알고 있는 최선의 것들을 드러내려다 보니 그런 인생의 축소판이 되는 것이다. 자신의 눈으로 보고 자신의 체험으로 느끼고 자신의 언어로 말해야 한다. 그래서 그 글을 읽으면 그 작가의 철학적, 사상적, 이념적 면모는 물론이요 언어적 습관이나 신체적 버릇까지도 느껴져야 한다.

둘째 자신의 눈으로 파악하고 자신이 깨달은 방법으로 자신의 이념과 철학을 구체적으로 제시하려는 의욕이 드러나야 한다. 그런 목적으로 모든 구성이나 언어가 집중되어야 한다. 이럴 때 선택되는 언어는 매우 중요하다. 문학은 언어로 표현되기 때문이다. 모파상이 그 스승인 플로베르에게 배운 바는 '일물일어설(一物一語說)'이다. 어떤 사물이나 사건을 가장 잘 표현하는 적절한 말은 단 하나뿐이라는 것이다. 그 하나뿐인 말을 찾아 써야 한다는 것이다. 문학에서는 말이 사상이고 말이 이념이며 또한 말이 곧 사건이기 때문에 적절한 말을 골라 쓰는 것이 무엇보다 중요하다. 문학인들의 문학 수련은 대부분 이런 언어훈련이다. 많이 읽고, 많이 생각하고, 많이 쓰라는 고전적인 훈련방법을 익혀야 한다.

셋째 글의 짜임에 있어서 수미상관(首尾相關)을 염두에 두어야 한다. 글의 첫머리와 끝이 서로 상관되어야 한다는 말이다. 글의 결미(結尾)가 완성되어야 그 글의 처음이 제대로 되었는지를 파악할 수 있다. 그런 호응관계가 되도록 글을 다듬어야 한다. 글을 고치는 일을 추고(推考)라고 한다. 과거의 명작들은 모두 심도 있는 추고의 결과물이다. 자신이 쓴 글을 발표하기 전에 친구나 동료, 이웃들에게 먼저 읽도록 하는 것도 추고에 도움이 된다. 그렇게 글이 완성되면 표제 곧 제목이 제대로 되었는가를 점검한다. 글의 제목은 그 글의 얼굴이다. 글의 인상을 순간적으로 좌우한다. 그런 점에서 표제를 정하는 일에 특별한 노력을 해야 한다.

넷째 글을 쓸 때는 자신의 전심전력을 다 해야 한다 자신의 능력을 뛰어넘는 글이 나오도록 해야 한다. 작가는 평소에 평범한 생활인이지만 글을 쓸 때 잠재적 작가로 변신하여 자신이 평소 생각지 못했던 탁월한 생각을 창조해 낸다. 그렇게 만들어진 글이 자신을 감동시킬 정도가 되어야 한다. 자기 스스로를 감동시키지 못하는 글은 남도 감동시킬 수 없다. 그리하여 그 사람만이 쓸 수 있는 독특한 글이 만들어지게 된다. 독자들은 그런 글을 요구한다.

소설 유형론

역사소설의 개념과 유형

　역사소설의 고전적 정의는 '역사적 사실(史實)을 상상력에 의하여 재구한 소설'로 알려지고 있다. 이러한 정의는 자칫 역사의 기술 자체도 상상력이 적용된다는 것과 충돌할 우려가 있게 된다. 즉 역사의 기술(記述)도 사료(史料)가 결핍된 부분은 상상력에 의해서 보완되기 때문에 실제 역사와 역사소설의 경계가 매우 모호해질 우려가 생긴다는 것이다.

　이러한 우려에 대하여 일부 학자들은 역사는 사실(史實) 자체에 치중하는데 비하여 역사소설은 '역사의식'에 의해서 씌어져야 한다고 말한다. 이때의 '역사의식'이란 작가가 현실에 대한 뚜렷한 가치인식을 지니고 있어야 하고 그것을 역사를 매개로 나타내려는 의식을 지니어야 한다는 것이다. 그리하여 작가는 역사적 사실(史實)을 소설로 형상화할 때 역사를 현재의 전사(前史)로 파악하는 안목이 나타나야 한다고 보았다.

　작가의 현실 인식은 객관정신에 의해서 뒷받침되어야 한다. 그리하여 역사에 대한 작가의 주관적인 인식과 작가가 처한 객관적인 현실이 잘 조화를 이루어야 한다. 이때 설정된 인물과 사건은 당대의 시대를 잘 '반영(反映)'할 수 있어야 하고 '전형성(典型性)'을 획득할 수 있어야 한다. 이때의 '전형성(典型性)'은 어떤 집단에서 그 구성원의 성격을 가장 발전된 상태에서 드러내는 것인데 이는 그 사회의 본질적인 성격의 형상화이기도 하다. 그런 점에서 역사소설의 성격은 대체로 다음과 같이 정리될 수 있다.

첫째 역사소설은 소재적인 측면에서 역사적 사실(史實)을 취급한다. 그리고 그것이 역사의 변천에 원동력이 되는 것으로서 개인의 운명에 영향을 주는 것이어야 한다.

둘째 역사소설은 역사의식에 의해서 씌어져야 한다. 역사의식이란 역사적 과거를 현재의 전사(前史)로 인식하고 역사를 구체적으로 현재의 삶과 연결시키고 또한 현재적 삶이 형성하고 있는 역사적 힘을 생생하게 되살림으로써 현재의 정신을 구현할 수 있어야 한다.

셋째 역사소설에 있어서 주인공은 삶의 총체적 양상이나 민중적 삶을 포괄적으로 제시해줄 수 있는 전형적(典型的) 인물이어야 하고 또한 대립하는 양 진영에 모두 접촉할 수 있는 중도적 인물이 바람직하다.

넷째 표현에 있어서 리얼리즘 정신이 구현되어야 한다. 리얼리즘 정신이란 시대의 정신을 총체적으로 드러내기 위해서 사소해 보이는 일상적인 삶이나 풍속 등의 디테일을 적절히 묘사하여 작품에 생기를 불어넣는 기법을 말한다.

서구의 역사소설은 20세기 리얼리즘 소설의 전 단계에서 발생하여 리얼리즘 소설의 정착에 일익을 담당하게 되었다. 그리하여 근대소설의 성숙과 발전에 크게 기여했다. 동시에 역사를 통한 시대상의 파악과 역사의식의 형상화라는 문제를 제기하여 독특한 장르적 특징을 보여주기도 했다.

그러나 우리의 경우는 리얼리즘 소설이 유입된 토대에서 역사소설도 동시에 발생하게 되어서 서구와는 차이가 있다. 그렇긴 하지만 역사소설이 사실(史實)의 재현에 있어서 대상을 객관적으로 파악하려는 객관정신을 고양시키고 역사적 시대와 삶에 대해서 총체적 접근을 지향하는 속성을 지니고 있는 점에서 서구와 마찬가지로 근대 리얼리즘 소설의 발달에 크게 기여했다고 보게 된다.

우리나라 근대 역사소설은 1920년대의 신채호, 박은식, 장지연 등에 의해서 쓰여진 창작 역사 전기물이나 번역, 번안 전기물의 영향을 많이 받았다. 그리고 임진왜란과 병자호란을 소재로 한『임진록』『임경업전』『박씨전』같은 군담류와 중국에서 유입된『삼국지연의』『수호지』등의 역사물도 우리의 역사소설 형성에 많은 영향을 미쳤다.

우리나라 근대 역사소설의 출발은 흔히 이광수의『가실』(1923) 박종화의『목매이는 여자』(1924)로 알려지고 있다. 그러나『가실』은 역사적 실제 인물이 아니고 설화에서 취재된 것이며『목매이는 여자』는 성삼문의 아내를 소재로 한 역사물이나 단편이라는 한계를 지닌다. 그리하여 최초의 역사소설을 본격 장편인 이광수의『마의태자』(1925)로 보려는 경향이 많다.

1920년대 30년대의 역사소설가로는 이광수를 비롯해서 홍명희, 김동인, 박종화, 윤백남, 현진건 등이 거론된다. 이때에 창작된 작품으로는 이광수의『단종애사』『마의 태자』『세조대왕』『이차돈의 사』

『이순신』『원효대사』등과 윤백남의『대도전』『봉화』『흑두건』『백련유랑기』홍명희의『임꺽정』박종화의『금삼의 피』『대춘부』『다정불심』『전야』『여명』김동인의『운현궁의 봄』『젊은 그들』『견훤』현진건의『무영탑』『흑치상지』같은 작품들이 있다. 김윤식은 이러한 우리나라 역사소설을 대체로 네 가지 유형으로 구분해 보인 적이 있다.

· 이념형 : 이광수, 현진건, 박종화의 역사소설들
· 의식형 : 홍명희의『임꺽정』
· 중간형 : 김동인의『젊은 그들』,『운현궁의 봄』
· 야담형 : 윤백남의『대도전』

여기서 이념형이란 정통 역사소설로서 역사적 인물을 주인공으로 하여 정통적인 역사적 사실을 기술해 가는 방법의 역사소설을 말한다.『단종애사』『금삼의 피』『무영탑』이 모두 여기에 해당된다. 의식형은『임꺽정』같은 작품으로서 서민층의 저항을 통해서 사회적 개혁을 의도한 작품이다. 이에 비해서 김동인의『젊은 그들』같은 경우는 역사적 시대만 차용되었을 뿐 등장인물이 대부분 허구로서 일종의 무협소설의 양상이 된다. 그런데 윤백남의『대도전』의 경우는 역사적 사실보다도 재미 그 자체에 역점이 주어지는 경우인데 여자 주인공이 산채의 도둑 두령이 되어서 무협적인 활약을 보이는 경우가 된다.

이러한 분류는 그동안 창작된 역사 소재의 소설을 망라하여 검토한 것이긴 하지만 과연 이들을 근대적 의미의 역사소설로 볼 수 있느냐에 대한 의문도 제기하지 않을 수 없다. 김동인의『젊은 그들』의 경우는 당시 일본에서 유행하던 물어(物語) 양식으로 일종의 시대물이었고 윤백남의 『대도전』의 경우는 사실의 객관성이나 합리성이 배제된 흥미 자체만을 의식한 소설로 인식되고 있기 때문이다.

그런 점에서 역사소설의 개념에 어느 정도 부합하는 본격적인 의미의 역사소설은 우리나라의 경우 대체로 두 가지로 나누어서 살필 수 있다. 즉 민족주의적 역사소설과 계급주의적 역사소설이 그것이다.

1920년대의 경우 우리의 역사소설은 왕이나 장군 같은 역사적 인물을 주인공으로 하는 경우가 대부분이다. 역사적으로 사소한 인물을 주인공으로 하는 경우에도 그들의 뛰어난 개인적 재능과 능력을 집중적으로 부각시켜 영웅화시키는 경향이 많다. 이러한 현상은 국권상실기라는 시대적 상황과 밀접한 관계를 지닌다고 보겠다.

민족주의적 역사소설은 이러한 시대 상황에서 출발된 것이다. 즉 국란의 시기에 민족의 이상적인 지도자상을 창조하려는 노력이라고 하겠다. 세종대왕, 이순신 같은 인물과 이상적인 종교지도자인 원효, 이차돈 등의 주인공 설정이 그러하다. 이러한 역사적 인물들을 역사적 사건과 더불어 서술함으로써 민족적인 자긍심을 높이고 또한 민족 구원의 활로를 모색하는 노력을 보였다고 보겠다. 서술방법에 있어서는 민족의 이상적인 지도자의 생애를 중심으로 내용을 전개하는 전기적인 속성이 강하게 나타난다.

계급주의적 역사소설은 비역사적 인물이나 역사적으로 사소한 인물의 삶을 통해서 사회의 비리를 고발하고 사회계층 간의 갈등양상을 부각시킨다. 홍명희의 『임꺽정』의 경우는 백정 출신의 임꺽정이 천대받고 살기 어려운 도둑들의 무리들을 이끌고 기득권 세력에 저항하는 양상으로 전개된다. 이때 주인공 설정도 임꺽정 한 사람에 집중되지 않는다. 의형제로 맺어지는 이들은 박유복이, 곽오주, 길막봉이, 황천왕둥이, 배돌석이, 이봉학이, 서림이와 임꺽정 등으로 되어 있다. 이들은 각기 다른 환경에서 성장하여 임꺽정과 직접적, 또는 간접적으로 관계를 맺으며 청석골 화적패로 합류한다.

이들 작품은 민중의식 구현이라는 계급적 색채를 다분히 지니고 있는데 난관을 극복해야 하는 특성상 등장인물 개개인에게 남들이 추종하지 못할 정도의 특별한 재능을 부여하는 등으로 다분히 낭만적인 색채를 지니고 있음도 살필 수 있다.

환경소설의 지향점

21세기에 들어서 지구 환경의 문제가 집중 거론되고 있다. 지구 온난화, 오존층의 파괴, 수질 오염, 생물 종의 감소와 같은 환경의 위기는 빈곤, 불평등 그리고 전쟁과 함께 인류의 미래를 암울하게 한다. 또한 지나친 도시화와 산업화는 생태계의 순환질서를 파괴해서 우리의 생명체계에 심각한 위협이 되고 있다.

특히 지구의 온난화로 극지방의 만년빙이 녹아내리고, 그 원인으로 해수면이 높아지며, 기후의 이상화로 생태계의 자율적 조절 능력이 파괴되고 있다. 그리하여 생물계에 있어서 매일 140여 종에 달하는 동식물이 멸종되고 있다는 보고서도 나오고 있다. 이런 추세라면 향후 30년 이내에 현재 지구상에 존재하는 동식물의 20% 이상이 멸종될 것이라고 예상하고 있다.

일반적으로 알려진 자연 생태계는 첫째, 비생물적 요소로 빛, 공기, 물, 토양, 기후 등 둘째, 풀, 나무, 플랑크톤 등 녹색식물 셋째, 녹색식물을 섭취하여 활동에너지를 사용하는 초식동물(1차 소비자), 먹이사슬로서의 2차, 3차 소비자로서의 동물 넷째, 박테리아나 곰팡이 등의 미생물로서 분해자 등으로 이루어지는데 위의 요소들이 서로 상호의존하며 순환관계를 맺게 됨으로써 생태계가 유지된다. 요약하면 광합성 작용에서 시작하여 → 식물 → 동물 → 미생물 → 식물의 순환관계다.

이런 생태계의 순환질서가 파괴됨으로써 인간을 비롯한 모든 생물의 생존이 심각하게 위협받고 있다. 생태계의 파괴는 지구의 종말, 지구의 죽음의 문제로 발전된다. 그리하여 지구를 살아 있는 생명체로 보아야 한다는 '가이아 이론'도 출현하였다. 지금까지 인간은 지구가 다만 생물의 생존을 위한 장소로만 인식했다. 그러나 지금에 이르러서는 지구도 다른 생명체와 마찬가지로 유기체적인 존재며 따라서 지구상에 생존하는 다른 생명체와 관계 조절이 필요하다는 주장이 제기된 것이다.

문명의 발전과 자연 생태계의 보존이라는 상충적인 두 관계를 어떻게 조화시키고 이상적인 관계로 상승시킬 것인가에 대한 깊은 고민을 하지 않을 수 없다. 이는 범인류적인 과제이지만 그중에서도 특히 문학인들이 창조적으로 사색하여 인류의 발전에 기여할 수 있는 단초를 제공해야 할 것이다.

환경문학은 그런 점에서 두 가지 양상에 집중된다. 우선 현실적인 문제로서 환경의 파괴와 공해 고발이다. 이는 문화와 문명의 발전이 가져온 부정적 양상이기도 하다. 20세기 인간의 문명은 자연의 개발과 활용의 양상으로 전개되었다. 그리하여 자연의 극심한 파괴와 훼손을 가져왔고 결과적으로 지구상의 모든 생명체의 위기로 치닫게 되었다. 환경 파괴와 오염에 대한 고발문학의 출현은 이런 배경에서 가능하게 된 것이다.

소설의 경우 산업사회의 이행기인 1970년대 중반부터 나타나기 시작했는데 정을병의 『병든 지구』(1974)와 김용성의 『사해(死海) 위에서』(1976), 우한용의 『불바람』(1989), 한정희의 『불타는 폐선』(1989) 등이다. 김용성의 『사해(死海) 위에서』는 공장 경비의 눈을 통해 본 죽어가는 바다의 오염현장을 고발한 것이다.

"바다는 짙은 잿빛을 띠며 죽어 있었다. 그것은 마치 선사시대의 거대한 짐승의 사체처럼 소리 없이 누워 있었다. 구름은 태양을 가렸고 수면 위에는 바람 한 점 스치지 않았다. 길게 육지를 파고들어 물굽이를 이루는 곳에 강물이 흘러 들어오고 있었으나 유심히 눈여겨 보지 않으면 그것도 움직이는 것 같지가 않았다. 다만 움직이는 것은 하구(河口)에 우뚝 솟은 공장 굴뚝들을 통해서 솟아오르고 있는 여러 개의 불기둥뿐이었다. 불기둥은 밤낮을 가리지 않고 여기 바닷물 위에 붉은 그림자를 던지고 있었다. 그래서 때때로 용암이 솟아오르듯 바닷물이 이글이글 타오르는 것이 아닌가 하는 착각을 불러일으키고는 하는 것이었다."

다른 하나는 미래지향적인 관점에서 환경의 본래적인 모습을 제대로 파악하려는 노력이다. 즉 우리의 삶의 현장으로서 생태계의 중요성을 강조하는 것이다. 새나 나무의 삶을 추적함으로써 생명의 소중함과 생명체의 유기체적 특성에 관심을 제고한다. 이는 환경오염에 대한 소극적인 고발이면서 동시에 긍정적인 가치의 발견이기도 하다. 이러한 관점의 소설로는 김원일의 『도요새에 관한 명상』(1979) 한승원의 『연꽃 바다』(1997) 이윤기의 『나무가 기도하는 집』(1999) 등이 있다. 다음은 『나무가 기도하는 집』의 일부다.

"그에게 그 숲은 '나무 고아원'이다. 그럴 만한 사연이 있다. 그의 숲에, 사다 심은 나무는 한 그루도 없다. 자세한 이야기는 뒤에 하겠지만 그 숲의 나무들은 모두 주어다 심은 나무들이어서 '나무 고아원'이다. 그런데 그의 '나무 고아원'은 또 하나의 이름을 얻는다. '나무가 기도하는 데' 즉 '나무 기도원'이다."

여기서 환경문학이 지향해야 할 몇 가지 관점을 살피게 된다.

첫째 근원적인 세계관의 회복을 향해 나아가야 한다. 근원적 세계관이란 다름 아닌 인간과 자연의 일체를 꿈꾸는 전체론적 사고를 의미한다. 특히 중요한 것은 모든 생명이 동일한 가치를 지니는 것 그리고 그 생명의 온전한 발현을 존중할 수 있어야 한다는 점이다.

둘째 인간이 이루어 놓은 문명에 의한 자연 파괴의 실상을 고발하고 비판함으로써 우리 삶의 위기를 인식시키는 길로 나가야 한다.

셋째 인간 자신의 피폐화에 대한 반성을 그 바탕에 깔고 있어야 한다. 이는 문명에 대한 비판과 함께 자신의 삶을 돌아보아야 한다는 전제가 깔려 있다. 여기서 욕망의 무절제한 분출과 의식의 천박성이 인간의 건전한 정신을 타락시키고 나아가서 우리 사회의 도덕적 위기를 불러오는 주요 원인이 되고 있다.

넷째 자연과 인간의 존재를 인식하고 그 바탕에서 새로운 삶을 보여주어야 한다. 당위의 세계는 일원론의 세계다. 자연과 내가 분리되어 있지 않다. — 우주와 인간과 모든 생명들이 서로에게 필요한 존재, 똑같이 귀중한 것이란 인식은 서로가 동등하고 조화롭게 살아야 할 세계를 향한 기원으로 나아간다.

생태계에 대한 관심은 우리 동양의 경우 그리 새로운 것이 아니다. 동양의 경우는 노·장철학과 불교나 샤머니즘과 같은 종교에서 일관되게 나타난다. 특히 우리의 경우 단군사상은 바로 자연공경사상이다. 고전 문학 작품에서도 오늘날의 생태문학적인 요소가 상당히 많다. 만물의 근원적 평등을 다룬 이규보의 『슬견설』(이와 개에 대한 의논) 김시습의 『조원찬』 강백년의 『불물자능물물설』 등이 그것이다.

홍성암의 소설론 산책

대중소설의 특성

　대중소설은 순수소설 또는 예술소설의 상대개념으로써 그 문학성에 있어서 저급하다는 인식이 크다. 따라서 대중소설은 통속소설, 오락소설, 상업소설로 인식되기도 한다. 그러나 소설 장르는 발생기적 측면에서 보면 대중성의 기반 위에서 형성되었다. 가령 소설을 '로망스'라고 할 때 이는 '로맨이쉬 지방의 방언으로 쓰여진 문학'이란 뜻으로 표준어인 라틴어에 비해 저속한 사람들이 쓰던 사투리 문학이란 뜻이 된다. 오늘날 리얼리즘 소설인 '노블'이란 개념도 그 어원은 '노벨라(novella)'로서 흥미가 중심인 '신문의 삼면기사를 확대해서 만들어진 문학'이라는 의미다. 그렇게 보면 오늘날의 소설이 대중성을 그 뿌리로 하고 있음을 쉽게 짐작할 수 있다.

　이러한 대중소설에는 연애소설, 스파이소설, 공포소설, 추리소설, 범죄소설, 공상과학소설, 정치소설, 역사대하소설, 무협소설, 모험소설 등 다양하다. 그리고 이들 소설들은 대중매체의 발달과 더불어 크게 번성하고 있는데 이는 그것을 향유하는 독자층의 폭이 매우 넓다는 의미이기도 하다.

　우리의 경우 현대소설 장르에 있어서 대중소설은 1930년대부터라고 할 수 있다. 이 시기는 일제의 강점기로서 매우 불행한 시기였다. 이때 일제는 한반도를 침략의 전초기지로 삼고자 억압정치를 했다. 제1, 2차 카프 맹원 검거사건, 카프의 해체에 이르기까지 철저한 문학계의 탄압이 자행되었다. 그런 탄압을 비켜가고자 해서 대중소설이 만연되었다. 거기에다 신문 잡지 등 저널리즘의 본격화도 한 몫을 했다. 특히 신문 연재소설로 인해서 대중소설이 대거 출현하게 되었다.

　이런 대중화 현상은 1970년대에 이르러 도시산업화 현상과 더불어 폭발적인 발전을 보인다. 즉 대중소설은 산업화, 도시화, 기계화 등으로 하는 대중사회의 한 산물이 된 것이다. 1960년대 말부터 문화의 대중화 현상이 뚜렷해지더니 1970년대에는 더욱 가속화되었다. 이때의 대중소설은 남녀 간의 사랑을 다룬 애정소설이 주류였는데 중심인물들의 만남—섹스—이별이라는 반복패턴과 갈등의 삼각구도가 적절히 활용되었다. 인물 형상화에 있어서도 아름답고 착한 여성 주인공이라는 관습적 묘사와 함께 해체된 가정의 갈등이 중심제재였다.

　대중소설의 특징에 대해서 우르스 예기는 ①구성의 공식성 ②언어의 인습적 사용 ③판에 박힌 인물설정 방법 ④세계현상과 사회현상에 대한 허위 보고 ⑤자기 목표로서의 감각(감상성, 야만성, 관능성) ⑥가치전도를 예로 들은 바가 있다.

　대중소설에서 구성의 공식성은 잘 알려진 일이다. 도식화는 단순화 규격화로부터 생겨난다. 단순화와 규격화란 곧 상투적이란 말이기도 하다. 이 상투성이 대중소설의 가장 큰 특성이다. 대중소설은 모든 사물을 파악하는데 있어서 모든 것을 자신의 틀 속에 맞추려고 한다.

언어의 인습적 사용이나 판에 박힌 인물 설정도 결과적으로 이런 도식성의 결과라고 할 수 있다. 통속소설은 이런 도식성 내지는 상투성을 극복하기 위해서 경이로움을 적절히 배합한다. 즉 이런 신기성의 반복 배합을 통하여 자극을 새롭게 하고 동시에 감상자가 익숙하게 하여 친근감을 갖도록 한다. 이런 서술방법에 있어서 중요한 것은 합리성이 아니라 감정적인 호소다. 특히 감상성(sentimental)이 중요한 작용을 한다.

거기에다 다분히 '도피주의적'이고 '비현실주의적'이다. 이는 사회 현상에 대해서 정면으로 맞서지 못하고 비켜가려는 안이함 때문이다. 우르스 예기가 '사회 현상에 대한 허위 보고'라고 지적한 것이나 '가치 전도'라는 항목을 추가한 것은 대중소설이 서술방법에 있어서 현실원칙과 쾌락원칙의 양자 중에서 주로 쾌락원칙에 기울어져 있음을 지적한 것이라고 하겠다.

이때의 통속성은 사회의 제반 모순을 은폐하거나 또는 침묵하는 경향이 많고, 이때의 독자들도 미적 가치의 추구보다는 오락적 가치나 소비적 가치를 추구하는 경향임을 지적한다. 통속소설의 내용상, 형식상의 특성으로는 운명주의, 체념적 태도, 해피엔딩, 감상벽, 허위적 제스처 등을 들 수 있는데, 어떤 의미에서는 소비문화의 한 현상으로써 싸구려 생산, 대량 소비, 신속한 소비의 패턴이기도 하다. 이러한 대중소설의 특성을 재정리하면 다음과 같다

(1)일반적으로 대중소설은 긴장하지 않고 감상할 수 있는, 즐겁고

편안한 마음을 갖게 한다. 이는 작가 자신이 대중적 성공에 집착한 나머지 독자의 수준에 자신의 눈높이를 맞추려는 경향과 무관하지 않다.

(2)많이 읽힌다는 점을 유의하게 된다. 이는 대중과 관심의 층을 조절하여 공감의 폭을 넓힌 결과라고 할 수 있다. 결과적으로 대중소설은 독자들이 읽고 싶은 바를 읽게 한다. 만일 한 편의 대중소설이 독자에게 단시일 내에 광범위하게 수용되지 않는다면 베스트셀러가 되기 어렵다. 대중소설의 존립기반은 예술성에 있는 것이 아니라 수용자인 독자층의 범위에 있기 때문이다.

(3)작가는 대중적 매체를 적극적으로 활용한다. 신문과 같은 인쇄물은 물론 영화 같은 영상물을 통해서 대중에게로 스스로 다가간다.

(4)중요한 요소로 감정의 고조를 들 수 있다. 감정의 고조란 격정적인 정서구조로서 독자들에게 호소력을 강화시킨다. 그러기 위해 폭력이나 관능주의와 결합하게 되고 따라서 그 구성은 악의 있는 음모와 과격한 사건이 장치된다.

(5)대중소설에서 선한 주인공은 악인에 의해 혹독하게 괴롭힘을 당하게 되며, 그의 생명이나 명예나 행복을 위협하는 일련의 시련을 거친 후에야 그러한 고난들로부터 구제된다. 여기에는 승리의 양상과 패배의 양상이 있다. 승리의 양상은 모든 것을 잃었다고 생각될 때 주인공이 승리하게 되고, 악행이 되속여 넘겨지고, 불운이 역전되고, 육체적 위험이 극복되고 덕이 최종적으로 무한한 기쁨으로 보상된다. 패배의 양상은 도덕적 환상의 변개형태다. 불운을 당할 만한 아무런 일도 하지 않았는데도 불구하고 불운이 닥친, 그리하여 동정이 가는 순진한 사람들의 이야기로 전개된다.

홍성암의 소설론 산책

(6)현실도피 지향성을 들 수 있다. 통속소설은 현실의 정신적, 문화적 고통을 벗어나거나 보상하고자 하는 현실도피적 욕구의 소산이다. 여기서 현실도피란 현실의 세계를 완전히 떠난 것은 아니고 현실세계의 표면 조직은 가지면서 고통의 일상성에서 탈피하려는 소망의 표현이다. 그리하여 안전하고 일상적이고 조직적인 삶에 널리 퍼져 있는 따분함과 권태로부터 벗어나기 위해 강렬한 흥분과 흥미를 추구하는 독자의 욕구에 부응한다.

(7)환상을 통해서 바라는 바를 성취한다. 그리하여 과거 역사에로 낭만적 도피를 하기도 하고 전통적 권위에 대한 도전이나 희화화를 통하여 기존적인 것에 대한 불만을 해소하기도 한다. 이때엔 윤리적, 계몽적, 공리적 문학관에서 금기시되던 성의 문제가 표면화되기도 한다.

그런 점에서 대중소설은 첫째, 규격화되고 단조로우며 안일하기만 한 삶의 권태와 무의미함에서 흥미 있고 경이로운 체험세계로 도피하려는 욕구와 둘째로 일상생활에서 끊임없이 우리를 위협하는 불확실, 초조, 죽음, 실연, 전쟁, 좌절, 박탈감, 압박감 등에서 질서와 안정의 세계로 도피하려는 욕구를 공유하는 것이다.

그밖에도 대중소설이 독자를 확보하는 요인으로 문체를 지적할 수 있다. 문체에 있어서 장면이 의인화되고, 장면과 장면의 윤곽이 단어의 선택과 배열로 인하여 불명확해지고 있다. 이는 장면의 사실주의적 묘사가 아니라, 감정의 강조로 이해된다. 그리고 과장을 위한 불확실한 형용사들을 남용하기도 한다.

한국 여류소설의 두 경향

우리나라 여류소설은 1920년대에 김명순, 김일엽, 나혜석 등으로 시작하여 1930년대에 백신애(29년), 강경애, 최정희(31년), 김말봉, 장덕조(32년), 이선희(36년), 임옥인(39년), 지하련(40년) 등으로 이어졌다.

1930년대에 제기된 여류문학은 내적인 측면에서, 여성 작가의 ① 여성성 드러내기 ②여성의 삶과 관련된 제재 선택 ③여성의 적극적인 사회적 관심의 문제가 논의되었다. 그리고 작품 외적인 문제로서 ④여류 작가라는 용어 사용의 적절성 등이 제기되었다.

좀 더 구체적으로 1930년대의 여류소설 경향을 개인적 측면과 사회적 측면으로 나눌 수 있는데 개인적 측면에서는 인간의 개인적 욕망추구에 역점을 두고 있다. 그럴 경우 작품 서술이나 표현에 있어서 관념성, 추상성, 관능성이 두드러지고, 또한 개인적 욕망이 극대화되고 있는 경향을 살피게 된다. 이에 비해서 사회적 측면이 두드러진 리얼리즘 계열의 경향에서는

첫째 여성의 성적 상품화를 들 수 있다.

여성은 특히 하층계층인 경우 빈궁의 시대를 힘겹게 살아가는 과정에서 매춘의 대상으로 전락되고 있는 현상이 많이 드러나고 있다.

박화성의 「중굿날」 「온천장의 봄」이나 강경애의 「지하촌」 「동정」 「마약」, 최정희의 「산제」 「곡상」, 백신애의 「복선이」, 이선희의 「매소부」 등의 작품은 여성의 인신매매, 매춘행위 등을 소재로 하고 있다.

둘째로 조혼의 비극이 많이 취급되고 있다.

여기서 조혼은 매춘과 궤적을 같이하는 것으로서 빈궁의 비극으로 빚어진 또 하나의 현상이다. 여성이 집안의 경제적 부담을 덜기 위해서 열네다섯 살의 나이로 상대방에게 팔려가듯 시집을 가게 되는 것이다. 백신애의 「복선이」 「소독부」, 최정희의 「산제」 등이 그러한 소재를 취급하고 있다.

셋째로 여성 노동 근로자의 열악한 노동현장이 취급되고 있다.

1930년대의 근로 여성의 노동 조건은 매우 열악했다. 여성은 자율권이 통제되고, 값싼 임금으로 노동력을 착취당했으며, 열악한 노동 환경에서 일해야 했다.

넷째 여성의 비정상적 출산과 육아의 수난을 들 수 있다.

이처럼 한국 여류소설의 특징은 개인적 욕망 추구의 경향과 리얼리즘을 추구하는 경향으로 대별되는데 가장 대표적인 작품으로 김말봉의 『찔레꽃』과 강경애의 『인간문제』를 들 수 있다

『찔레꽃』은 첫째 젊은 지식인 남녀의 자유연애를 다루었다는 점, 둘째로 농촌사회의 몰락을 보여준 점, 셋째로 애정의 두 가지 측면에 대한 묘사, 넷째로 성 개방을 부르짖는 결혼관 등이 두드러진다. 대체로 여주인공은 동화 속의 신데렐라로 취급된다.

『인간문제』는 여공인 주인공이 역사 발전의 주체임을, 그리고 그들이 계급적 각성에 이르는 필연적 과정을 보여주며 최후의 승리에 대

한 낙관적인 전망을 보여준다. 서술의 방향이 주인공을 통하여 역사가 나아가야 할 방향과 그 원동력을 규명하고자 한다고 보게 된다.

김말봉의 『찔레꽃』은 중심 주인공이 '정순'이란 인물이다. 밀양에 있는 어느 유치원 보모였던 정순이 서울에서 은행 두취인 조만호 집의 여섯 번째의 가정교사가 되면서 사건이 진행된다. 정순을 사랑하는 민수, 경구, 조만호가 갈등관계를 맺는 구도라고 할 수 있다.

그런데 비하여 『인간문제』는 농촌이 피폐해짐에 따라 농촌의 어린 여성들이 여공이 되어 도시의 공장지대로 옮겨 와서 부딪는 온갖 시련을 다룬 것이다. 이 작품에서는 여성 노동자인 '선비'의 공장생활을 통해 공장의 노동과정, 기숙사 생활, 노동착취의 양상, 노동재해, 공장 내의 조직 선전 작업, 노동운동 탄압 등이 매우 구체적으로 드러낸다.

이처럼 제재 선택에서부터 그 방향이 전혀 다른 이 두 작품의 전반적인 구성양상을 살피면 다음과 같다.

『찔레꽃』의 주제는 사랑이다. 여기서 제기되는 사랑의 갈등은 사소한 오해에서 비롯되는데 개인적이고 관념적인 것이다. 즉 정순이 민수를 외사촌 오빠라고 둘러댄 것이 고리가 되어 갈등이 심화되지만 결과적으로 어느 누구도 불행에 빠진 것은 아니다. 해피엔드의 낭만적 구조라고 할 수 있다.

『인간문제』는 사회의 구조적 모순을 부각시켰다. 선비의 생애 중 전반부는 악덕 지주와 소작농들의 생활이 중심이라면 후반부는 공장 노동자들의 노동착취의 현장과 비참한 삶의 실상을 조명한 것이다. 그리고 그 결말은 직업병으로 죽어가는 절망적 현실이다.

『찔레꽃』의 등장인물은 부유한 부르주아 계층이거나 교육받은 지식층이다. 은행 두취인 조만호의 딸 경애와 아들 경구는 모두 동경에서 대학을 나온 유학생 출신이다. 정순도 교사 자격증을 지닌 지식인이고 그 상대되는 민수는 대학에 재학 중인 학생이다. 민수의 아버지는 몰락하긴 했지만 대지주의 집안이다.

『인간문제』의 주도적 인물들은 전형적인 하층계층이다. 선비의 아버지인 김민수는 지주인 덕호가 집어던진 산판을 맞고 죽게 되지만 죽기까지 전혀 맞은 것에 대한 내색을 하지 않는다.

『찔레꽃』의 배경은 크게는 서울 도심지며, 초점화되면 은행 두취인 조만호의 집이다. 따라서 취재되고 있는 소재도 부호의 집안과 부자의 생리, 그리고 가진자들의 호사가 중심을 이룬다. 『인간문제』의 배경은 위의 경우와는 판이하다. 즉 공장 노동자로서의 열악한 환경이 작품의 배경이다. 어려운 기숙사 생활, 노동 조건의 열악함, 공장 감독의 횡포, 직업병 등이 배경의 핵심이다.

『찔레꽃』의 서술과 묘사는 극히 개인사적이고 관념적이다. 이는 이드적 욕망의 추구가 작품의 중심이 되고 있기 때문이다. 그리하여 다분히 환상적이고 동시에 감상적이기도 하다.

『인간문제』의 서술과 묘사는 사회적이고 전형적이다. 사회의 반영이란 측면에서 리얼리즘을 표방하고 있다.

두 작품의 결구에서도 분명히 드러나는 것이지만 『찔레꽃』은 개인적 욕망의 추구라는 명제에 충실한 것이라면 『인간문제』는 문학의 사회적 책임이라는 명제에 충실한 작품이라고 할 수 있다. 즉 인간욕망의 축과 사회반영의 축이라는 두 경향의 전형인 셈이다.

이런 대비적 양상은 비단 여류소설만의 문제는 아닐 것이다. 그것이 인간적 삶의 기본 양상으로서 인식되기도 하기 때문이다. 즉 정신적인 것과 육체적인 것으로 대별되는 것으로서 육체적인 것은 또한 생산성, 경제성의 문제와 접맥되어 사회구조의 모순이나 시대정신을 구현하려는 강한 욕구를 가능하게 한다. 이에 비해서 정신적 욕구는 인간 본래적인 이드적 욕망의 충족과 감각과 관능으로 표현되는 애정의 문제, 그리고 인간관계에 있어서 과거 추억이 중심이 되는 개인 사적인 작품들이 가능하게 된다.

이러한 두 경향 중에서 감각이 예민한 여류 작가들은 두 경향의 조화를 택하기보다 어느 한 경향의 극대화라는 양상으로 작품을 형상화하는 성향을 살필 수 있다. 그런 점에서 1930년대 여류소설의 형성기에 있어서 김말봉의『찔레꽃』과 강경애의『인간문제』를 대비적으로 고찰해 본 것은 여류소설의 특성을 파악하는데 매우 유익한 탐색이었다고 할 수 있다.

이런 여류소설의 특성은 새로운 시대에 있어서 새로운 가능성과 한계성을 공유하게 된다. 즉 전자와 관계되어서는 앞으로의 사회가 좀 더 세분화되고 다양화될 것이라는 전제 속에서 여성의 섬세함이 이들 특성을 잘 소화시킬 것이라는 가능성이다. 그리고 후자와 관계되어서는 인간은 사회적 소산으로서 개인적이고 단순한 존재라기보다 사회적 환경에 적응하는 다양하고 복합적인 존재라는 사실을 염두에 둘 때 예견되는 한계성이다.

이런 가능성과 한계성을 염두에 두고 우리나라의 여류 소설가들은 우주와 접하고 있는 인간적 진실과 실체를 정확히 파악하기 위해서 어느 방법이 보다 바람직한 것인지를 계속 천착해야 할 것이다. 그것이 여류 작가들에게 부여된 중요한 임무일 것이기 때문이다.

홍성암의 소설론 산책

가족사 연대기 소설의 성격

해방 이후의 소설문학사에서 안수길의 『북간도』나 박경리의 『토지』는 그 문학적 성과라는 측면에서 매우 중요시되고 있다. 그리고 이들 작품이 1930년대의 가족사 연대기 소설로 인식된 염상섭의 『삼대』 채만식의 『태평천하』 김남천의 『대하(大河)』와 같은 유형으로 인식됨으로써 가족사 연대기 소설 장르에 대한 관심을 증폭시켰다.

기존에 발표된 대부분의 소설이 지나치게 개인사적인 사랑이나 윤리, 양심의 문제에 치우치거나 아니면 사회적 이념이나 계층적 갈등 같은 문제에 치우친 경향인데 비하여 가족사 연대기는 앞의 두 경향을 주화시키거나 중하시키고 있는 점에서 바람직한 장르로 인식되고 있기 때문이다.

이들 소설은 한 가족의 삶 또는 가족의 역사를 중심으로 서술되는데 가정소설이나 가족소설과는 달리 여러 세대의 삶을 취급하면서 당대의 세태를 반영시킴으로써 사회의 총체성을 드러내기도 하고 현재의 역사화에 기여하기도 한다.

서구에서도 특정 가문을 중심으로 서술한 토마스 만의 『부덴브로크 일가』(1901)는 부덴브로크라는 상인의 일가족의 4대에 걸친 역사를 서술한 것이고, 골즈워디의 『포사이트가(家)』(1906~1922)는 영국의 전형적 중산계급의 솜즈 포사이트를 중심으로 여러 대에 걸친 물욕과 로맨스 그리고 쇠퇴의 과정을 다룬 것이다. 이들 작품이 지니는 특정 시기 사회상의 적나라한 노출은 작품 당대의 역사화에 기여하는 바도 적지 않다.

1930년대에 염상섭의 『삼대』 채만식의 『태평천하』 김남천의 『대하(大河)』가 발표되어 문학계의 관심을 끌었다. 이들 소설은 주로 한 가족의 삶 또는 가족의 역사를 중심으로 서술되었는데 최재서는 이러한 소설의 유형을 "가족사 연대기 소설"로 파악하고자 했다.

그는 가족사 연대기 소설 이전에 가정의 내적 문제를 다룬 "가정소설"과 가족 생활을 사회문제로서 취급하는 소설의 유형이 있음을 지적하고 있다. 그는 가정소설과 가족사 소설을 구별하여 가족사 소설은 가족소설(familien roman)의 하위 개념으로 가정소설(domestic novel)과는 구별하고자 했다.

이런 가족사 연대기 소설의 원형은 조선조의 고대소설 『조씨삼대록』 『임씨삼대록』 『설씨삼대록』 등에서 이미 발견되는 바이지만 이들은 가족소설의 범주를 넘어서지 못하는데 비하여 1930년대에 발표된 『삼대』 『태평천하』 『대하(大河)』 등의 소설은 가족의 역사를 통하여 당시 사회의 모순과 갈등에까지 확대하여 다루고 있음을 발견하게 된다. 이재선은 이런 가족사의 작품을 다음의 말로 정리한다.

첫째 가족사 연대기는 가족소설인 동시에 대하소설(romanfleuve)의 일종이다.

둘째 그 구조에 있어서 연대기적 성격을 지니고 있으며 시간의 유통이 매우 급진적이다.

셋째 발생 요인으로는 전쟁과 기타 사회적인 변동이 심한 경우다.

넷째 가족 간의 숙명성이 강조되어 있다.

다섯째 혈통이나 유전인자 및 사회적인 결정론이 가족의 흥망성쇠의 원인이 된다.[1]

이런 특징에서 살필 수 있는 바, 가족사 연대기 소설은 대체로 전쟁과 같은 사회적 변동이 심한 시기를 그 소재로 하고 있으며 연대기적이며 대하소설의 성격을 지니는 것으로서 가족뿐 아니라 그 사회를 총체적으로 다루고 있기 때문에 역사소설의 장르와 유사한 성격을 드러내기도 한다. 즉 가족사 연대기 소설은 전형적 정황의 묘사를 하고 있고 현대에 대한 역사적 조명을 하는 경우가 많다.

한 가족의 역사가 격변기 시대에 처하여 사회 전반적으로 확산되어 묘사되는 경우를 최근의 가족사 연대기 소설인 안수길의『북간도』나 박경리의『토지』등에서 찾아보게 된다. 이들 작품은 한결같이 특정 가족의 역사를 통하여 사건이 전개되며 가족 간의 갈등이나 그 주변 인물의 전형화(典型化)를 통하여 당시의 사회상을 총체적으로 보여줌으로써 현재의 역사화에 기여하게 된다.

안수길의『북간도』는 1957년 가을에 구상되어 1967년 완간된 작품으로서 북간도를 배경으로 하여 고달프고 서러웠던 우리 유민들의 생활사를 표현한 것이다. 이 작품은 만주로 이주하게 된 이한복 일가의 4대에 걸친 기록으로서 그 제재가 작가의 당대와 극히 가까운 거

---

1) 이재선, 한국문학의 해석,(새문사, 1981) 124면.

리라는 점에서 세태소설의 성격에도 가깝다.

이 작품의 이념적 방향은 민족의 자주와 독립에 있지만 그것이 그저 막연한 이념만으로 끝나는 것이 아니라 민족의 생존양상의 투영이라는 점을 고려해야 한다. 결과적으로 이 작품의 중심과제는 '바르게 살기'의 모색에서 찾아진다. 이한복 일가의 연대기는 처음에는 생존을 위하여 감자를 재배할 수 있는 땅에 대한 욕구로 시작되지만, 그 궁극에는 바른 삶을 위하여 민족의 독립을 쟁취해야 한다는 민족주의적 이념으로 확대된다. 이 작품의 주제의식은 개인이 민족의 한 구성원이라는 깨우침이기도 하다.

박경리의『토지』의 경우도 가족사 연대기 소설이 지니는 보편적 특성과 일치한다. 더러는 이 작품을 역사소설 장르로 보고자 하는 경향도 없지 않은데 그런 경우 몇 가지 한계를 지적할 수 있게 된다. 즉 그 첫째가 역사의 수용이 극히 피동적이라는 점이다. 최씨 일가의 가족사를 통하여 그 시대상이 간접적으로 묘사되기 때문에 시대 인식이나 시대사조가 항상 부수적이며 간접적으로 제시된다.

서술구조에 있어서도 그런 우회적인 방법이 지나치게 남용되고 있는 점을 들 수 있다. 중요하고 결정적인 사건일수록 과거 회상이나 소문의 전언(傳言) 등의 방법으로 서술되고 있다. 긴박하고 결정적인 순간에 있어서도 정면으로 맞서지 아니하고 우회하거나 생략함으로써 근본 문제에 있어서 도피하고 있음을 느끼게 된다.

또한 이 작품의 파노라마적 성격의 한계다. 역사적 사건의 흐름에 따른 전개나 특정 인물의 일생에 따른 사건 전개가 아니라 등장인물의 집단화로 말미암아 사건의 전개에 따른 무수한 인물이 수시로 창출되기 때문에 사건의 진행에 따라 초점이 흐려지고 지리멸렬해지는 느낌을 배제할 수 없게 된다.

따라서 이들 작품은 당대의 세태를 적나라하게 재현하면서 특정의 가족사를 통하여 사건을 전개하고 있는 점에서 가족사 연대기 소설 장르에 보다 근접한다고 하겠다. 이들의 작품적 특징은 다음과 같이 요약할 수 있다.

첫째 인물에 있어서는 사회의 각계각층을 대표하는 전형적 인물을 등장시킨다. 둘째 배경은 시대와 풍속을 재현할 수 있는 최근대사를 배경으로 한다. 작가의 당대적 삶이 가족사의 형태로 전개된다. 셋째 구성은 세태소설이라 일컬을 만큼 각계각층의 사소한 것도 세밀히 묘사해 보이며 병렬식 구성에 가깝다. 넷째 주제는 인간 삶의 모습을 총체적으로 드러냄으로써 독자 자신이 자신의 삶을 성찰할 수 있도록 한다. 다섯째 문체는 사실주의적이거나 상징주의적인 문체로서 묘사적인 속성이 강하다.

해방기 이후의 가족사 연대기 소설이 우리의 소설사에 기여한 측면은 매우 크다. 이는 우리의 소설사에 새로운 전기를 제공하기 때문이다. 지금까지 우리의 소설은 그 문학성의 평가에 있어서 단편소설 중심이었다. 이는 경제적 조건이 열악한 시대에 우리의 근대소설이 형성됨으로써 작품 발표의 기회가 동인지나 문예지 중심으로 이루어져 왔기 때문이다. 장편소설의 창작이 없었던 것은 아니지만 단행본 출간은 극히 어려웠고 그래서 대부분의 장편은 신문소설의 형태로 발표되었다. 신문은 다중의 대중적인 독자를 의식해야 함으로 신문소설도 상업적 조건에 영합하지 않을 수 없었다.

안수길의 『북간도』나 박경리의 『토지』는 처음부터 문예지에 연재된 작품이어서 작가의 자율성이 보다 확대될 수 있었을 것으로 보인다. 거기에다 작품의 성격이 가족과 시대의 결합이라는 측면이어서 일반 대중소설이 범하기 쉬운 가치전도나 지나친 관능과 감각, 또는 엽기적 흥미에 매달리기 어려웠을 것으로 보인다.

이 작품의 성과는 작가의 투철한 작가의식의 소산이긴 하지만 가족사 연대기라는 장르의 특성이 그러한 성과에 상승작용을 한 것으로 보게 된다. 즉 개인사를 가족이란 틀 속에 묶게 되면서 필연적으로 사회의 총체상에 접근하게 된다. 그리고 특정 사회의 총체상은 곧 당대의 역사화에 기여하는 것이다.

농촌소설과 도시소설

농촌소설과 도시소설은 공간적인 측면에서 서로 상대적 개념이다. 그런데 소설로 형상화되면서 이들 소설들은 공간적 특성에 따른 구성적 요소를 갖추는 과정에서 구조적 차이를 드러내게 되었다. 그리하여 생각하기에 따라서는 제각기 독특한 장르를 형성하게 되었다고 할 수 있다.

우리의 경우 농촌소설은 일제강점기와 해방 이후 산업화 이전까지의 시기에는 문학사에서 매우 중요한 장르로 인식되었다. 그것은 농촌 곧 농민의 삶이 지니는 의미가 매우 중요했기 때문이다. 해방 이전 우리나라 농민은 전 국민의 80% 이상을 차지하고 있었다. 따라서 농민의 삶은 곧 우리 민족의 삶이라는 말과 등식 관계였다. 그리하여 해방 이전의 농민소설은 민족의 부흥과 민족 갱생을 겨냥한 바로 민족소설이라 해도 과언이 아니었다.

해방 이후, 특히 1970년대 후반 산업 시대로의 이행기 이후로 우리의 농민은 그 수에 있어서 매우 감소되었다. 그리하여 근래에 이르러서는 농민의 수는 전 인구의 10% 안팎을 넘나들 정도로 급격히 줄었다. 그리하여 식민지 시대에 농민은 곧 민족이라는 인식도 큰 변화를 보이고 있다.

그러나 아직도 농촌 곧 농민의 문제는 우리에게 매우 중요하다. 농촌은 일차적으로는 우리의 생존과 직결되는 식생활의 토대가 되고 있고 이차적으로는 우리의 정신적 사고의 원천으로서 모든 문화의 원형(原型)을 내재하고 있다. 따라서 우리는 본능적으로 농촌에 대한 그리움과 회귀(回歸)의 의식을 지니게 된다. 농촌적 삶 속에서 인간의 이상향(理想鄕)을 발견할 수 있기 때문이다.

이러한 점에 유의하여 농촌소설의 경우는 일제강점기에 널리 회자되었던 대표적인 작품들을 검토하고 도시소설의 경우는 1970년대 산업화 시기 이후의 작품들을 중심으로 검토해 보고자 한다.

일제강점기 때의 농촌소설은 민족의식과 결부된 것으로서 한일합방 이후 일제의 수탈 정치로 인해 피폐해진 농촌의 참상을 고발하고 농촌부흥을 의도한 운동적인 성격이 강했다. 즉 농촌을 부흥시키고 민족을 해방시키기 위해서는 실력의 배양이 필수적인 것이었으며 그 방법으로 문맹퇴치, 생활개혁, 경제부흥이 필요했다. 당시 〈브나로드〉 운동은 '민중 속으로'라는 표어로서 농촌계몽 운동과 직접적으로 연결되었다.

이들 소설은 일제의 착취에 의해 피폐해진 농촌의 실상을 고발하고, 그러한 참상의 원인이 무엇인가를 제시하고, 그것을 극복하기 위하여 뜻을 지닌 주인공의 영웅적인 활약상을 서술하고 있다. 더러는 농민의 우매성을 희화하여 농촌과 농민에 대한 애정을 보이기도 한다.

이 시기에 발표된 이광수의 『흙』과 심훈의 『상록수』, 이기영의 『고향』을 비롯하여 이무영의 「흙의 노예」, 박영준의 「모범 경작생」 등은 특히 문학적 성과를 올린 작품으로 평가되고 있다.

이광수의 『흙』(동아일보 1932.4. ~ 1933.7.)은 주인공 허숭(許崇)의 조선주의와 귀농의식에 초점이 주어지고 있다. 허숭은 '살여울'의 지사의 가문에서 태어났으나 아버지의 독립운동으로 집안이 망하게 되자 서울로 유학하여 선구자적 지식인이 된다. 그는 고향인 살여울에서 야학을 하게 된 계기로 농촌운동에 뛰어든다. 허숭의 농촌운동은 다음의 말들에서 집약된다.

"농민 속으로 가자. 돈이 없으면 없는 대로 몸만 가자. 가서 농민이 먹는 것을 먹고, 가장 가난한 농민이 입는 것을 입고, 그리고 가장 가난한 농민의 심부름을 하여 주자. 편지도 대신 써주고, 주재소 면소에도 같이 다녀 주고, 그러면서 글도 가르치고, 소비조합도 만들어 주고, 뒷간 부엌 소제도 하여 주고, 이렇게 내 일생을 마치자."

허숭의 이러한 의식은 결국 농촌적인 것에 조선적인 것이 들어 있고 이것을 살리는 길이 조선이 살아나는 길이라는 인식이다. 그리고 정작 농민 자신은 그것을 깨닫지 못하고 있기 때문에 농민들을 계몽하여 농민들이 스스로 깨치고 단합하고 생활의 변화를 가져오게 될 때 우리 조선도 또한 다시 살아날 것이라는 주장이다.

심훈의 『상록수』(동아일보, 1935.9. ~ 1936.12.)는 주인공 박동혁(朴東赫)과 채영신(蔡永信)이 농촌운동에 뛰어들어 '한곡리' '청석골'로 들어가 벌이는 활동이 중심이 되고 있다. 이들은 『흙』에서의 허숭보다 젊은 세대로서 군림하는 지도자가 아니라 민중 속으로 들어가서 그들과 고뇌를 함께하는 지도자로 나타난다.

"결국 한 그릇의 밥이 인간의 정신을 지배한다. 더군다나 농민은 먹는 것으로 하늘을 삼는다고 옛날부터 일러 내려오지 않았는가" 하는 인식으로 그들은 농촌에서 계몽적인 문화 운동보다 더욱 시급한 것이 경제 운동이란 것을 절감한다. 이 작품은 『흙』에서와는 달리 등장인물들이 관념의 유희에 머물지 않고 강한 실천력을 보여준다.

이기영의 『고향』(조선일보, 1933.11. ~ 1934.9.)은 주인공 김희준의 활동을 통하여 전개된다. 그의 활동무대는 '원터' 마을로서 주인공의 고향이다. 김희준은 일본 유학생으로서 엘리트 교육을 받은 지식인이다. 이런 그의 출신 양상은 앞의 두 작품과 다를 것이 없다. 그러나 그가 고향으로 돌아오는 것은 농촌을 위한 특별한 사명감에서는 아니다. 또한 어떤 성공 후에 돌아오는 금의환향과도 다르다. 그저 평범한 귀향인 것이다.

따라서 이 작품의 전개 양상도 앞의 두 작품이 의식을 지닌 지도자의 헌신과 노력을 중심으로 전개되는 것과는 차이가 있다. 이 작품은 주인공 김희준이 하나의 촉매적인 구실을 하고는 있지만 실제의 운동 주체는 농민들 스스로의 단결과 노력의 양상이 된다. 즉 집단적 힘의 결집을 통하여 모순된 사회적 제도를 고쳐 보려는 것이 보다 뚜렷한 의도로서 부각되는데 이는 사회주의적 이념의 구현이기도 하다.

김희준은 농민들을 지도 계몽하고, 두레를 조직하는 등으로 농민운동의 잠재력을 진작시키고 농촌의 어려움을 집단적 힘의 결집으로 극복하고자 한다. 즉 그는 농민들의 의식을 깨우치기 위하여 야학을 겸한 청년운동을 주도하고 공동체적 삶을 회복하기 위하여 두레를 조직하고, 소작 쟁의를 이끌어낸다. 그러나 그것은 그의 개인적인 탁월함에 의존된 것이 아니라 농민의 힘을 조직함으로써 가능해진다. 그는 농민 개개인을 집단적 주인공으로 내세우고 있는 것이다.

김희준의 이런 활동은 농촌의 계몽과 생산성의 향상이라는 측면보다 소작쟁의를 통한 권리의 획득에 더욱 무게가 실려 있다. 이 작품이 지니는 사회주의적 속성이 여기서 발견된다. 즉 소설의 전개가 민중적 투쟁과 그들의 승리가 확실할 수 있도록 전략적인 메시지를 담고자 하는 특징을 지닌다고 하겠다.

도시소설은 도시가 안고 있는 특질이라 할 수 있는 '도시성' 즉 도시의 복잡다기한 삶의 양식과 그것의 사회적 의미 등이 관찰되고 재현되는 소설이다. 다시 말해 도시소설은 도시를 탐구하는 것이고, 도시가 무엇이며 도시민이 어떤 가치기준에 의해 살아가고 있는가를 보여주는 것이고, 개인의 성격과 운명에 도시가 어떤 영향을 끼치는가 하는 것을 보여주는 것이다.

도시는 문명과 산업화의 현장으로서 이질적인 개인들이 밀집하여 살게 됨으로써 파생되는 각종 병리현상이 두드러지게 나타나는 공간이다. 그 병리현상에는 인간의 고독, 소외감이나 전통의 소멸, 물질만능주의 등을 들 수 있다.

도시문명은 산업자본과 밀접하게 연결고리를 맺고 있으면서도 성공한 기업인이 작품의 주인공으로 설정되는 경우는 많지 않다. 이는 '돈(富)＝악'이라는 동양적 인식에서 기인한 것으로 보인다. 그런 까닭으로 도시소설의 주인공은 대체로 도시적 사회의 피해자인 소시민적 지식인, 공장 근로자, 허영된 여성 등으로 되어 있다.

1970년대의 도시소설로는 이동하의『홍소』『장난감 도시』, 황석영의『객주』, 조선작의『영자의 전성시대』, 전상국의『고려장』, 윤흥길의『아홉 켤레의 구두로 남은 사내』조세희의『난장이가 쏘아 올린 작은 공』, 이동철의『꼬방동네 사람들』, 이호철의『서울은 만원이다』, 박완서의『도시의 흉년』『휘청거리는 오후』등을 들 수 있다.

이들 소설의 대표적인 주인공은 소시민적 지식인이다. 교육을 받은 지식인이 정상적인 삶을 영위하지 못하고 우울증, 정신분열증, 또는 자폐증 같은 병적 상태에서 헤맨다. 이는 도시공간이 지식인들의 정상적 삶에 기여하지 못함을 풍자한 것이다.

주인공 설정에 있어서 또 하나의 양상은 공장 노동자의 등장이다. 도시의 산업화로 말미암아 급격하게 증가하게 된 공장 노동자는 발생 초기부터 심각한 사회문제를 안고 있었다. 또 하나의 양상은 허영기 있는 속물적 여성의 등장이다. 그런 여성 중에는 정상적 교육을 받은 젊은 여성의 경우와 중산층 주부의 경우 또는 호스티스에 이르기까지 다양하다.

도시소설 중에서 노동자나 지식인의 문제에 있어서 긍정적인 인물의 전형을 성공적으로 창조한 소설들은 거의 보이지 않는다. 그 대신 현실의 부정적 현상을 다양한 소설적 방법으로 가공함으로써 갖가지 부정적 세태를 비판적으로 반영하는 경향이 많다. 또한 성공한 기업인이나 자본가를 소설의 주역으로 등장시킨 경우도 많지 않다. 그러나 이들이 산업화를 주도한 계층이라는 점을 간과해서는 안될 것이다.

자본가는 도시의 구조 속에서 중심이 되는 계층이다. 그런 점에서 이들의 긍정적인 역할은 사회적 영향이란 측면에서 매우 중요하다.

도시 생활의 복잡다기한 양태 속에서 산업화의 중심축의 하나인 자본가, 사용자들의 초상을 살피는 것은 도시적 삶을 탐색하는데 매우 필요한 작업이 아닐 수 없다. 그들의 행태가 부정적이라 하더라도 왜곡된 의식을 작품 속에서 체험해 보는 것은 매우 유익하다. 어떤 면에서 근로자들의 성공 모델이 자본가로서의 변신일 수도 있기 때문이다. 그런 점에서 계급주의적 시선만을 고집해 온 과거적 시선은 상당부분 수정되어야 할 것이다.

한국 전후소설의 실존주의적 경향

한국에서 전후란 6 · 25전쟁의 후유증이 작품으로 형상화되기 시작한 1950년대 중반기 이후라고 할 수 있다. 한국전쟁은 1950년에 발발해서 1953년의 휴전조약으로 일단 휴전의 상태가 되었다. 따라서 전쟁기의 작품은 대체로 전장소설, 또는 전투소설의 형태로서 전쟁의 양태를 직접적으로 취급한 것인데 비하여 전후소설은 그런 전쟁의 후유증이 사회에 미친 영향의 형상화에 집중된다고 할 수 있다.

전쟁소설은 적과 대치한 상태에서의 삶과 죽음의 문제여서 전투의 치열함이나 전략의 우수함, 또는 부상병 등과의 관계를 통한 적과 동지와의 휴머니티 같은 특정 분야에 한정되기 마련이다. 설혹 이념의 문제가 개입된다 하더라도 그것은 관념적인 한계에 머물기 쉽다. 어떤 면에서 전쟁이란 일단 시작되고 보면 매우 단순한 양태다. 죽이느냐 죽느냐의 문제나 또는 적이냐 동지냐의 문제로 축소되기 때문이다.

그러나 전후문학은 전쟁의 후유증이 기존 사회의 틀을 상당히 바꾸고 있는 양상의 탐색이기 때문에 매우 다양한 면모를 보인다. 일반적으로 우리의 전후 시기는 1950년대 중반기에서 1960년의 4 · 19

혁명 전후의 시기까지로 한정할 수 있다. 이런 한정은 4·19 시민혁명이 지니는 역사적, 사회적 의미가 새로운 시대의 개막으로 이해될 만큼 크기 때문이라고 할 수 있다.

우리나라 전후문학은 서구에서 유입된 실존주의 사조의 영향이 매우 크다. 실존주의는 전후에 온 세계를 휩쓴 문예사조이면서 동시에 실천적 사상으로서도 널리 회자되었지만 그러한 실존주의의 개념이나 사상의 실체를 정확히 규명하기란 쉬운 일이 아니다. 이는 실존주의가 철학적 사상으로서, 문예사조로서, 나아가서는 앙가주망적인 실천강령으로서 복합성을 지니기 때문이다.

문학에서 실존주의란 용어는 대체로 프랑스의 실존주의를 지칭하는 경향이다. 일반적으로 실존주의란 합리주의적 인간관에 대한 의심으로부터 삶에 대한 근원적인 반성, 새로운 생존의 모색에서 시작된다. 여기서 가장 중요시되는 것은 인간은 살아가면서 원하든 원하지 않든 생존하기 위해서 어떤 선택을 하지 않을 수 없다는 것이다. 그리고 그 선택이 가장 쉽지 않은 경우 즉 전쟁의 소용돌이 속에서 무엇이 옳은 것인지 판단하기 어려운 상황 속에서도 순간적으로 판단하고 선택해야만 한다는 점이다. 이런 문제에 대해서 가장 심도 있게 천착한 철학가로서 흔히 사르트르와 까뮈를 거론한다.

사르트르는 『실존주의는 휴머니즘이다』라는 글에서 "실존은 인간의 전형적인 존재방식이다"라고 주장한다. 인간은 스스로 자신의 실존을 창조한다고 말한다. 다시 말해 인간은 자신의 문제를 선택할 자유가 있고 또한 전적으로 그런 선택에 대한 책임을 져야 하기 때문에 고독하고 불안한 존재라고 보았다.

사르트르는 (1)실존은 본질에 앞선다는 입장이고 (2)실존은 주체성이라는 것이다. 이는 모든 도구는 본질이 앞서고 존재가 나중에 뒤따르는데 인간만은 정반대라는 것이다. 인간도 신이 존재한다고 믿었을 때는 신의 의도에 따라 만들어진 것이라는 관점에서 존재보다 본질이 앞선다는 인식이었지만 신이 없다는 입장을 견지했을 때는 그런 설정이 불가능해지는 것이다. 따라서 신이 없는 세계에서의 인간은 본질보다 존재가 우선하게 된다.

인간은 먼저 실존하게 되는 존재로서 스스로 행동의 주체요, 선택의 주체가 된다. 자기가 자기를 선택하는 주체다. 또한 책임의 주체다. 자기가 선택하는 방식에 따라 자신의 존재가 만들어지는 것이다. 따라서 자신이 되어지는 모든 책임은 자기 자신에게 귀속된다. 그래서 고독하고 불안해진다. 때로는 절망하게 된다.

까뮈는 현실에 절망한 인간에게 새로운 모랄을 제시하려고 노력했다. 인간은 재앙의 한복판에 있으면서도 경멸해야 할 부분보다 경탄할 부분이 더 많다고 생각한다. 인간존재에 대해서 긍정적인 입장을 취한 것이다. 인간은 부조리한 운명 속에 사는 존재이지만 이 부조리를 응시하고 그런 인간적 삶에 애착을 가지는 것만이 삶의 유일한 방법이라는 논리를 제시하고 있다.

까뮈의 사상이 가장 잘 드러나고 있는 작품으로 『시지프의 신화』를 들 수 있다. 이 글에 의하면 희랍의 왕이었던 시지프는 인간에게 불의 사용법을 가르쳐 준 죄로 제우스의 노염을 받아 무거운 바위를 산꼭대기까지 밀어 올려야 하는 벌을 받게 된다. 천신만고 끝에 산꼭대기로 바위를 밀고 올라가도 산꼭대기가 너무 가파르고 또 바위 그 자체의 무게 때문에 바위는 다시 밑으로 굴러 떨어지게 된다. 그리하여

홍성암의 소설론 산책

시지프는 영원히 바위를 밀어 올리는 고통에서 벗어날 수가 없는 것이다.

까뮈는 이럴 때의 바위를 형벌로서의 고통이 아니라 운명에 대한 반항으로서 행복이라고 강변한다. 바위를 밀어 올리는 항거의 자세 속에서 운명의 부조리함을 극복해 간다고 보는 것이다. 인간적 운명의 부조리함에 반항함으로써 인간적 한계를 극복해 간다는 입장이다.

까뮈의 실존주의 사상은 흔히 부조리의 철학 또는 반항의 철학이라 일컫는다. 부조리와 반항은 까뮈 철학의 핵심이다. 이는 레지스탕스 운동과 접맥된다. 까뮈는 신에의 모든 비약을 부정하고 인간의 근원적 무의미에 직면하면서 동시에 거기에 대한 반항을 통하여 자신의 재창조에 도전한다.

우리나라의 전후소설을 대표하는 작가로 흔히 장용학과 손창섭을 거론하는 일이 많다. 장용학은 단편 「요한시집」(1955), 중편 「비인 탄생」(1956), 장편 『원형의 전설』(1962) 등을 발표하면서 많은 화제를 불러 일으켰다.

「요한시집」은 그 구성이 4부로 되어 있다. 처음은 서장의 성격으로서 작품의 전체를 우화적으로 암시하는 부분이다. 그리고 본문은 3부로 되어 있는데 〈상〉은 작중인물 동호가 포로수용소에서 자살한 친구(누혜)의 어머니를 찾는 장면이며 〈중〉은 공산군 포로인 누혜의 자살, 〈하〉는 누혜의 유서와 누혜의 혼란된 의식이 다루어진다. 즉 서장에서 취급한 것은 동굴 속의 토끼의 생존이라는 우화를 통한 '자유'의 문제며 사건 기록인 〈상〉〈중〉〈하〉는 서장에서 제시한 '자유'

의 문제를 사건으로 구체화한 것이다.

이 작품에서 우화 부분은 (1)토끼의 생존 → (2)토끼의 동경 → (3)토끼의 노력 → (4)토끼의 죽음 → (5)자유의 버섯 탄생의 양상으로 진행되는데 이는 노드롭 푸라이가 지적한 봄 → 여름 → 가을 → 겨울 → 다시 봄의 양상으로서 순환의 구조라고 할 수 있다. 이 우화 부분은 「요한시집」의 주제를 상징적으로 나타낸다. 즉 토끼가 자유를 찾아서 출발했다가 절망 끝에 죽게 되지만 자유의 버섯으로 재탄생한다는 비유다.

본문에서 주인공 누혜는 시인인 자신의 꿈의 실현을 위해서 공산당에 가입하여 영웅칭호까지 받게 되지만 포로가 되면서 그런 자신의 신념에 대해 회의하게 되고 배반자로 지탄을 받고 자살까지 하게 된다. 그러나 그런 자살은 모든 것의 종말을 의미하는 것은 아니다. 친구인 동호가 누혜의 옷을 입고 무엇인가를 기대하는 것에서 어떤 가능성을 열어놓고 있다.

이 작품에서 드러나는 한계상황은 6·25전란이다. 이 전쟁이 꼭 필요한 것이었느냐에 대해서 누혜는 갈등한다. 인간존재는 이념 이상의 것이라는 인식이라고 할 수 있다. 누혜의 어머니가 아들이 돌아오기를 기원하며 고양이가 물어주는 쥐를 먹고 연명하는 것도 한계상황의 한 양상이다. 자살을 감행하는 누혜의 상황이 형이상적인 것이라면 그 어머니의 경우는 형이하적인 것이다.

이는 두 극단으로 분리되지만 그 원인은 6·25라는 한국전쟁의 비극에서 기인하는 것으로서의 겉과 속이라고 할 수 있다. 장용학은 이러한 6·25가 의미하는 바가 구세주의 재림을 예비하기 위해서 나타난 '요한'의 시련처럼 역사의 한 시련으로 파악하고자 했다.

손창섭은 「공휴일」(1952)로 등단한 이래 작품집 『비 오는 날』 (1956), 『잉여인간』(1958), 장편 『낙서족』(1958) 등 상당한 분량의 작품을 남겼다. 손창섭은 인간의 삶이 지니는 부조리성과 모순을 역설적으로 표현하여 당대의 전형적 인간상을 창출하는데 성공한 작가로 평가된다. 그의 소설은 전쟁으로 인한 전후의 인간상을 해석하는데 있어서 기존의 윤리관과 가치관을 붕괴시키고 현실에 대한 강한 비판과 고발을 기조로 하고 있으며 그 기조에 있어서 회의와 허무가 중심이 된다. 그의 작품의 초점은 인간의 기본적 삶을 영위하기 어려운 비인간적인 시대에 있어서 인간성 훼손에 어떻게 대응할 것인가의 문제를 다룬다.

손창섭은 1950년대의 전후적인 상황을 가장 예리하게 나타낸 작가로서 많은 주목을 받아왔다. 그의 인물들은 상식에서 벗어난 병인이며 권태병 환자, 사지가 절단된 병자 등으로 되어 있다. 즉 이런 인물을 통하여 인간 존엄에 대해 도전한다. 이는 전쟁 직후의 현실을 반영하는 피해의식과 불안의식의 반영이다.

한국의 전후소설이 실존주의와 접맥되는 것은 그것이 참여문학이란 점이다. 사르트르나 까뮈의 실존주의는 프랑스의 레지스탕스 운동과 긴밀히 연결된다. 독일 나치스의 지배를 받던 당시 프랑스의 지식인들은 독립을 쟁취하기 위해, 또는 진정한 삶의 가치를 획득하기 위해서 나치스 정권과 투쟁했다. 여기에는 필연적으로 참여의 정신이 필요했다. 흔히 앙가주망이라고 불리는 참여의 정신이 실존주의의 핵심이 된 것도 그런 역사적 배경과 연관된다.

인간은 세계 속에 내던져져 있는 그런 존재의 양상으로 해서 세계의 기구 속에 말려 들어가는(속박되는) 것이라고 말한다. 다시 말하면 앙가주망이란 현실을 긍정하고 인간이 이 현실세계에 던져져 있는 이상 여기에 속박되지 않을 수 없으며, 이 속박이 상태를 느끼고 그 속박을 자유 의사에 의하여 선택하고 그 선택에 대하여 철저하게 책임을 져야 한다는 것이다.

우리는 원하지 않았다 해도 세계의 현실에 내던져졌으며 그 구속을 받고 있으며 따라서 참여치 않을 수 없다는 것이다. 우리는 회피할 수 없는 현실을 정면에 맞서서 선택하고 행동하고 책임을 느끼는 태도를 갖추어야 한다는 것이다. 따라서 앙가주망(engement)이란 실존철학의 핵심이라고 할 수 있다.

작가의 참여문제는 유행적이고 일회적인 것이 될 수 없다. 인간의 본질을 추구하고 인간 삶의 활로를 개척하려는 것이다. 사실 실존주의는 신을 부정한 인간이 스스로 신이 되어 신의 고뇌를 대신 짊어진 상태다. 그들은 자신의 양심을 속일 수 없어 엄청난 고뇌를 스스로 감당하겠다고 하는 희생의 바탕에서 전개되는 것이다. 작가의 창작은 이런 현실 인식에서 출발해야 한다고 보게 되는 것이다.

북한 소설과 주체문예이론

국토의 분단으로 말미암아 남북한은 해방 이후 군사적 대치상태와 더불어 사상적 이념적 갈등은 물론 문화적으로도 이질화의 길을 걸어왔다. 특히 북한은 김일성을 정점으로 하는 원추형 사회라고 볼 수 있다. 즉 김일성 유일사상에 의해서 통치되는 사회로서 김일성은 단순히 권위주의적 가부장의 표상일 뿐 아니라 교조적인 강한 개성을 갖춘 절대화된 인물로 신화적인 존재에 가깝다

이들은 외부세력의 위협에 대해서 집단적인 강박관념을 지니고 있으며 이런 관념을 내부결속에 활용하고 있는데 이런 현상은 문학 분야에서도 그대로 적용된다. 그들의 문학 작품은 김일성 유일사상의 구현에 집중되어 있고 외세에 대해서 매우 투쟁적이다. 그들의 예술 창작 기조는 반당적, 반혁명적 사상을 반대하는 투쟁이 심화되고 작가, 예술인들을 당의 유일사상, 위대한 수령님의 혁명사상으로 무장시키기 위한 투쟁을 강화하는데 목표를 두고 있다.

이런 이념에 의해서 창작된 작품으로 『피바다』『꽃파는 처녀』『한 자위단원의 죽음』을 들 수 있다. 북한에서는 이들 작품을 불후의 명작고전이라고 하고 김일성 자신이 창작한 작품이라고 선전한다.

1930년대의 혁명극『피바다』『한 자위단원의 운명』혁명 가극『꽃파는 처녀』는 1970년대에 와서 소설로 옮긴 것이다. 이를 몇 개의 분야로 나누어서 설명하면 다음과 같다.

가) 북한의 주체문예이론

북한은 김일성 유일사상을 숭배하는 특수집단이어서 그들의 문화 행위는 김일성이 영도하는 당의 노선과 정책에 따라야 한다. 즉 김일성의 혁명사상으로 인민대중을 무장시키고 혁명화의 과정에 선봉의 임무를 수행해야 한다. 그러므로 문학은 제국주의적 사상문화의 침투를 막고, 주체사상에 입각하여 혁명위업에 힘 있게 복무하는 혁명적 문화예술의 발전을 추구하는 당의 문예정책에 따라 창작되고 연구되어야 한다. 따라서 당의 정책과 노선에서 벗어나는 문학창작이나 연구는 원천적으로 불가능하다고 보아야 한다. 그런 이론적 배경으로 당성, 노동계급성, 인민성이 제시되고 작품의 형상이론으로는 '종자론'이라는 이념이 제시된다.

■당성, 노동계급성, 인민성 : 북한에서 당성이란 '당에 대한 충실성'을 말한다. 북한은 김일성에 의해서 창건된 '노동당'이란 유일정당을 지니고 있고 이 노동당의 수령이 김일성이고 보니 북한에서 말하는 당성이란 곧 김일성 유일사상을 신봉하는 정신을 일컫게 된 것이다. 당성은 당파성과는 구별되는 것으로서 당파성이 일정한 계급의 편에 있거나 특정 정당에 치우쳐 있는 것을 의미한다면 당성은 김일성의 이념에 전적으로 예속되고 충성하는 그런 성분을 말하는 것이다.

노동계급성은 문학 작품이 노동계급에 복무하는 작품이어야 한다는 주장이다. 노동계급성은 노동자들의 투쟁을 고취한다는 점에서 투쟁기에 있어서는 매우 중요한 이념이었다. 그러나 북한의 체제가 어느 정도 자리를 잡고 난 이후에는 상대적으로 약화되었고 점차로 '착취계급의 잔여분자들에 대한 청산'의 의미를 지닌다고 할 수 있다.

인민성은 모든 예술은 인민대중을 위해서 씌어져야 한다는 인식이다. 여기서 인민이란 노동자 농민을 비롯한 광범한 인민대중이란 뜻이라기보다는 김일성 유일사상을 신봉하는 인민으로서 민족적 특성이 유지되어야 한다. 여기에서 말하는 민족적 특성이란 것도 북한식의 용어로서 김일성 주체사상이 구현되는 양상을 말한다고 할 수 있다.

당성과 노동계급성은 곧 인민성으로 가는 과정이라고 볼 수 있다. 당성과 노동계급성은 인민성을 바탕으로 해야 하고 인민성이 추구하는 바를 실현해야 하기 때문이다. 즉 인민대중의 진실한 생활감정과 사상에 맞는 작품에 대한 요구라고 할 수 있다. 그러나 실제로는 인민성이란 극히 추상화된 것으로서 북한과 같은 체제에서는 인민성이 곧 당성이고 노동계급성이며 그것이 곧 김일성 유일사상과 동의어임은 물론이다.

■종자론 : 북한의 주체문예이론에서 가장 핵심을 이루는 것이 그들이 말하는바 '종자론'이다. 그들이 말하는 '종자'란 생활 속에서 탐구된 사상의 알맹이다. 즉 문학 예술품을 유기체라고 볼 때 생명의 핵이 되는 부분이다. 작품을 유기적으로 구성하는 형상의 모든 요소를 하나로 통일시키고 관통시켜 나가는 기본 요인이기도 하다.

'종자론'은 그 개념이 ①종자란 문학예술 작품의 핵이다. ②종자는 소재와 주제, 사상을 유기적인 관련 속에서 하나로 통일시키는 작품의 기초이며 핵이다. ③종자는 생활 속에서 인간문제를 탐구하는 과정에 작가가 독창적으로 찾아낸 생활의 씨앗이며 사상적 알맹이다. 라는 식으로 설명되고 있다.

여기서 '종자'란 작품을 쓰게 된 사상, 주제, 동기 등을 포괄하는 개념이다. 즉 작품을 창작하게 되는 핵심적인 의식이다. 그리하여 문학 작품이 만들어지기 이전에 먼저 종자가 결정되어야 하고 이 종자는 북한적 통치이념에 기여할 수 있는 것이어야 한다. 종자론은 결과적으로 작가의 작품 구상 단계에서 개인적 성향을 차단하고 김일성 유일사상을 담는 그릇으로만 존재하게 된다.

나) 3대 고전의 서술구조

북한에서 말하는 불후의 명작 삼대 고전소설은 항일혁명 문학으로서 김일성의 교시에 의해 창작된 것이다. 북한 소설은 첫째로 조선의 독립을 위하여 일본제국주의를 반대하고 투쟁하는 것이어야 한다. 그러기 위해서 동맹원들은 선진사회사상과 군사지식을 습득하여야 한다. 둘째로 민족해방과 동시에 계급해방을 위하여 투쟁해야 한다. 그러기 위해서 동맹원들은 부모들의 낡은 민족주의 사상에서 벗어나 새로운 선진사상을 따라야 한다. 셋째로 동포들 속에서 반일선전과 계몽사업을 강화함으로써 그들을 정치적으로 각성시켜야 한다. 라고 주장한다.

이런 이념의 바탕에서 몇 가지 서술적 특성을 보인다. 대개의 경우 승리의 장면과 더불어 작품이 끝나고 있다든지, 사회주의적 낙관성을 바탕으로 하고 있다든지, 사건 결말이 변증법적으로 예견되어 있

홍성암의 소설론 산책

다든지 하는 것들이 그것이다.

북한이 말하는 불후의 명작고전인 『피바다』『꽃파는 처녀』『한 자위단원의 운명』 등은 김일성 수령의 친필 작품이라고 선전하고 모든 작품의 전범(典範)이 되어야 한다고 주장한다. 이들이 말하는 삼대 고전의 특징을 살피면

*혁명소설 『피바다』(1973년 4월)는 영생불멸의 주체사상을 구현하여 반혁명사상과 무장투쟁에 관한 사상을 심오히 밝히고 있다. 『피바다』의 등장인물은 무려 백오십여 명이나 된다. 이 작품의 가장 예술적 성과는 조선의 소박하고 평범한 한 농촌 여성이 1930년대의 수난의 피바다를 헤치면서 혁명이 무엇이며 혁명을 왜 해야 하는가를 깨닫고 투쟁의 길을 걷는 것이다. 그리고 마침내 대중을 혁명투쟁에로 조직 동원하고 주인공을 세련된 여성 혁명가로 성장하도록 훌륭히 형상화하는데 있다.

*『꽃파는 처녀』의 경우는 무엇보다도 작은 사실에서 큰 문제를 제기하고 심오한 사상을 훌륭히 밝혀낸 데 있다. 이 작품은 설음과 고통, 효성과 정성, 동정과 다정함을 자아내는 형상의 독특한 맛을 자아낸다. 바로 이 비 반복적이며 독창적인 형상적 색깔로 하여 사람들의 심장과 뇌수에 인상 깊게 남아 있게 한다.

*『한 자위단원의 운명』은 철학적인 종자를 모든 형상요소들을 통하여 아담하게 형상함으로써 종자를 꽃피우기 위하여 형상요소들을 어떻게 집중시키고 가공하여야 하는가를 빛나는 기교로 보여주고 있다. 이 작품은 노예의 처지에서나마 자신의 념원을 이루어보려고 모대기는 한 가난한 농민청년의 혁명적 세계관 형성과정을 통하여 조선 사람이 살길은 오직

일제를 반대하여 혁명하는 길밖에 없다는 사상을 힘있게 강조하고 있는 대작이다. 이 작품은 갈등선과 사건선이 최대의 폭발력을 가지고 절정에서 터지도록 그것을 조직하고 있다.

이들 소설에 대한 북한적 해석과 평가는 그 작품의 원작이 김일성 수령으로 되어 있는 이상 절대적 찬사만이 가능하다는 것은 주지의 사실이다. 이들 소설이 지향하는 이념은 결국 민족해방, 계급해방, 인간해방으로 요약된다. 민족해방의 차원에서는 민족적 양심을 지닌 소자산가와도 손잡을 수 있으며 계급해방을 위해서는 빈농과 노동자의 연대성이 강화된다. 인간해방은 자아의 각성으로서 자기 극복을 이루게 된다.

다) 문학사적 위상

북한의 삼대 명작고전은 북한 소설의 전범(典範)으로서의 특별한 위치에 있다. 그러나 남한의 시각에서 본다면 반드시 북한의 평가와 일치하는 것은 아니다. 이들 작품이 지니는 예견된 결론이라든지, 사건 전개에 있어서 승리의 필연성을 기정사실화한 낙관론이라든지, 인물들의 내적 갈등이 이념에 의해서 규제되고 있는 양상 등은 긍정적으로 보기 어려운 점이 많기 때문이다.

이런 현상은 남북한 간의 문화의 차이에서 오는 이질화 현상의 한 양상이기도 하다. 즉 김일성에 대한 순종과 복종, 충성을 최대의 덕목으로 생각하는 그들 사회에서는 개인의 자유와 개성이 당과 인민이란 이름 속에 함몰되고 있다. 그러므로 그들의 창작품이란 것은 기본적으로 통제자에 의해서 관리된 저자 없는 공동창작의 형태로서 개인의 개성과 상상력을 극도로 존중하는 남한과는 크나큰 괴리를 드러내기 마련이다.

북한의 소설을 남한의 경우와 비교해 보면 계급투쟁을 방법으로 하는 항일문학이라는 점과 창작방법에 있어서의 집체성이라는 점이 두드러진다. 계급투쟁적 항일혁명 문학으로 평가되는 이들 작품은 1930년대의 혁명극과 혁명가극이 원작으로서 주권상실기의 일제의 만행과 일제와 결탁한 지주들의 수탈과 횡포를 직접적으로 겨냥한 것이다. 북한 문학에서 시도된 이런 뚜렷한 목적문학에 비해서 상대적으로 남한에는 이런 항일투쟁을 표방하는 작품이 그리 많지 않은 셈이다.

집체문학으로서의 특성도 두드러지는데 삼대 명작고전은 집체창작의 소산이다. 한 개인의 상상과 정서의 산물이 아니라 특정 이념을 전제하고 그것을 국민적 작품으로 형상화시키기 위해서 토의과정을 거치고 추고과정을 거쳐서 만들어진 것이다.

이들 작품은 1970년대에 이르러 "4 · 15문학단" 같은 문학단체의 집단적 집필에 의하여 소설로 연극으로 가극으로 재창작되었다. 문학창작이 작가 개인의 산물인 남한의 경우와 비교할 때 이들 작품은 그 창작과정에서 매우 특이한 양상으로 파악된다. 창작방법론의 우열 여부를 떠나서 이런 종류의 창작이 가능하다고 하는 것도 문학사에서 새로운 경험이라고 볼 수 있다.

소설 작품론

이광수의 『무정』

소설가 이광수는 평안북도 정주 출신이다. 호는 춘원(春園). 아버지 이종원(鍾元), 어머니는 충주 김씨, 1남 2녀 중 맏이다. 11세 때인 1902년 콜레라로 부모를 여의었다. 이듬해 동학에 입도, 천도교의 박찬명 대령 집에 기숙하며 서기 일을 맡아보다가 1905년 일진회(一進會)의 유학생으로 선발되어 일본으로 건너가 메이지중학 5학년을 마치고 1910년 귀국하여 정주 오산학교(五山學校)의 교원이 되었다. 1916년 9월 와세다 철학과에 입학. 1919년 조선청년독립단에 가담, 2·8 독립선언서를 기초한 뒤 상해로 탈출하기도 했다.

그는 민족의 선각자로서 많은 활동을 하였으며 특히 한국근대문학의 창시자로 널리 알려진 인물이다. 그는 1910년 《대한흥학보(大韓興學報)》·《소년》·《청춘》 등에 단편 「무정」·「헌신자」·「김경(金鏡)」 등을 발표하면서 작품 활동을 시작하였다. 1918년 한국 근대 최초의 장편소설인 『무정』을 단행본으로 발간하여 폭발적인 인기를 끌었다.

그의 문학적 특성은 대중 본위의 작품을 썼다는 점과, 민족주의적 경향을 띤다는 점, 그리고 일반 대중을 깨우치고 이상을 심어주기 위해 계몽주의적 혹은 이상주의적 작품을 썼다는 점을 들 수 있다. 그

홍성암의 소설론 산책

런 점에서 신문학 개척자로서의 공적이 매우 뚜렷하다고 하겠다.

주요작품으로는 단편「무정」·「무명(無明)」·「난제오(亂啼嗚)」·「가실(嘉實)」 등 40여 편과 장편『개척자』·『재생』·『무정』·『유정』·『꿈』·『흙』·『사랑』·『원효대사』·『이차돈의사(死)』·『단종애사』·『이순신』 등이 있으며, 그외 시가(詩歌)와 수필, 논설 등 다수가 있다.

이광수의 소설『무정』은 발표와 더불어 국민적 성가를 얻었다. 그리하여 이 소설은 한국근대소설의 효시가 되었고 한국근대문학을 개척한 작품으로서의 평가를 얻게 되었다. 이 작품의 줄거리를 요약하면 다음과 같다.

경성학교 영어교사 이형식은 미국유학을 가기 위해 영어를 준비하는 김 장로의 딸 선형이를 가르치게 된다. 어느 날 형식의 정혼자인 영채가 찾아온다. 영채는 형식이 어렸을 때에 부모를 여의고 의지할데 없이 돌아다닐 때 신세를 지고, 민족 사상을 배우게 된 박진사의 딸이다.

영채는 신식학교를 운영하던 아버지와 오빠들이 감옥에 갇히고 집안이 몰락하자 그녀는 가족의 옥바라지를 위해 기생이 되어 7년간의 비극을 체험하게 된다. 그런 사실을 듣게 된 형식은 영채에게 동정심을 느끼고 그녀를 기적에서 빼내주려 하지만 형편이 여의치 못해 고통을 겪는다.

그러던 중 영채는 경성학교 교감 배명식 일당에게 정조를 잃게 된다. 정혼자인 형식과의 결혼을 위해 정절을 지키던 영채는 절망감과 부끄러움 때문에 대동강에 빠져 죽으려고 유서를 남기고 평양 가는 기차를 탄다. 이를 알고 형식이 뒤따라갔지만 찾지 못하고 그냥 돌아오게 된다. 이 일로 형식은 '기생을 따라다니는 선생'이라는 오명을 쓴 채 학교를 그만두게 된다. 그 뒤 형식은 선형과 약혼하고 미국유학을 떠나기로 한다.

한편 자살하러 평양으로 가는 기차 안에서 영채는 우연히 동경유학 중이던 여학생 김병욱을 만나게 되어 인생문제를 토론한다. 영채는 병욱의 설득으로 자살을 단념하고 병욱의 고향인 황주에 머물며 그녀의 오빠와도 사귀게 되어 그들은 함께 동경유학을 가기로 결정한다.

형식과 선형이 미국으로 떠나는 날, 병욱과 영채도 동경유학의 길을 떠나게 되는데 그들은 우연히 기차간에서 만나게 된다. 마침 기차가 수재로 인하여 삼랑진에서 멈추자 그들은 수재민을 돕기 위해 자선음악회를 연다. 이 과정에서 조선의 현실과 자신의 할 일을 깨닫게 된 형식은 가난하고 열악한 조선을 바꿀 수 있는 것이 교육임을 다시 한 번 확인하고 계몽의지를 다진다.

세 여성 역시 형식의 열변을 통해 비로소 자신들의 나아갈 길을 깨닫는다. 자신들의 유학의 목적이 개인의 영달에 있는 것이 아니라 조국을 위해 선각자가 되어서 돌아오는 것임을 알게 된다. 네 사람은 여관에서 장차 사람들의 무지를 깨우치고 나라를 일으키는 일에 앞장서자고 다짐하고 유학을 떠난다.

『무정』의 서술과정을 간략히 재정리하면 이형식과 박영채의 재회. 사랑을 고백하는 '영채'(발단) — '선형'과 기생이 된 '영채' 사이를 방황하는 '형식'의 심리적 갈등(전개) — 자살을 기도하는 '영채'. 그녀를 찾으려는 '형식'(위기) — '형식'과 '선형'의 약혼. 박영채, 김병욱, 신우선 등과의 상봉. 수재민 구호함. 유학을 떠남(절정) — 등장 인물들의 근황(결말)의 양상이 된다.

『무정』은 작품 주인공인 이형식을 중심으로 사건이 전개되는데 그 구조를 시간적 측면과 공간적 측면에서 검토할 수 있다. 우선 시간의 측면에서 보면, 제1일, 영채의 과거담. 제2일, 영채의 정조 훼손. 제3일, 영채의 평양행. 제4일, 형식의 평양행. 제5일, 선형과 약혼. → 약혼 후 한 달, 영채의 재생 → 마지막 날, 형식의 계몽 등으로 진행된다. 이런 전개과정에 있어서 총 126회 중에서 과거 회상이 24회, 현재가 96회, 미래 언급이 6회로 되어 있다.

이런 시간 양상은 이 작품의 중심이 현재와 과거로 되어 있음을 살피게 된다. 그리고 과거 회상의 경우 회상의 주체는 영채가 23회분, 형식 7회분, 기타 7회분의 양상이다. 회상 내용에 있어서 영채의 경우는 주로 자신의 과거 내력이 중심이 되고 형식의 경우는 회상 내용이 주로 영채에 대한 기억이다. 따라서 이 작품은 욕망의 주체라는 측면에서는 이형식이 사건을 주도하면서 욕망 → 시련 → 성취의 양상이 된다. 사건 전개라는 측면에서는 영채의 경험담이 주류가 된다.

이 작품은 전개의 제1단계에 형식과 영채의 결혼 가능성을 제기하고 후에 그런 독자의 기대를 의도적으로 배반하여 영채의 정절 훼손을 장치했으며 제2단계에서는 독자로 하여금 기대를 수정하게 하고 기왕의 기대에 대한 반성의 기회를 부여하고 제3단계에 와서 최종적인 충격으로 영채의 재생을 설정하고 그 의미를 종합하는 과정이 된다.

이러한 양상은 결과적으로 시간을 긍정적으로 파악한 것이다. 시간의 긍정적 측면은 시간이 경험에 있어서 생산적이며, 창조적이며, 사물과 자아를 창조하고 개선하는 영원한 힘의 원천이라고 보는 것이다. 즉 시간은 생성을 존재로 바꾸고 잠재적인 것을 현실화하며 불완전한 것을 완전하게 하는 조건이라고 파악한다. 이런 방향의 시간은 인간이 열망하는 것은 반드시 실현되고, 창조와 진보의 기회가 되며, 전심전력으로 노력하면 행복과 구원을 획득할 수 있다는 믿음을 갖게 한다. 그런 점에서 시간을 진화론적 의식으로 파악한 것이다.

『무정』의 공간적 이동 양상은 대체로 다음과 같다.

①김 장로의 집 : 이형식이 김 장로의 딸에게 영어를 가르침

②형식의 집① : 영채의 방문을 받고 과거 회상에 빠짐, 영채에 대한 갈등

③학교 : 배학감과 월향의 사건을 들음

④월향의 집① : 김현수, 배명식이 영채를 청량리로 데리고 간다는 소식을 들음

⑤청량리 암자 : 형식은 강간당한 영채를 월향의 집에 데려다 줌

⑥형식의 집② : 영채에 대한 내면적 갈등 심화

⑦월향의 집② : 형식은 영채가 평양으로 떠난 소식을 들음

⑧평양 : 기생 계향을 만나 영채의 자살 가능성을 들음

⑨대동강 : 영채의 시신을 찾아 봄, 영채의 죽음을 믿음

⑩형식의 집③ : 영채의 죽음을 믿고 선영과의 결혼을 결심함

⑪김 장로의 집② : 김 장로로부터 선형과의 약혼과 미국유학을 권유 받음

⑫형식의 집④ : 선형과의 결혼과 미국유학을 결심함

홍성암의 소설론 산책

'형식의 집'은 사건 전개의 핵심이 되는데 '집①'에서 선형과 영채와의 사이에서 갈등이 시작되고 '집②'에서 갈등이 심화된다. '집③'에서 영채의 죽음을 믿음으로 하여 내면적 갈등의 결정적 해결을 보게 된다. '집④'에서 선형과의 결혼과 미국유학이 확정됨으로써 내면갈등이 완전히 해소된다. 따라서 '형식의 집'은 형식의 심리적 풍경과 향로를 알 수 있게 하는 공간이 된다. 이를 중심축으로 하여 형식의 행동 반경은 크게 두 부분으로 나뉜다. '김 장로의 집'을 중심으로 하는 '밝은 공간'과 '영채의 집'을 중심으로 하는 '어둠의 공간'이 그것이다.

  여기서 '형식의 집'은 그 자신의 '현실'이라면 '김 장로의 집'은 형식의 '밝음'이고 월향의 집은 그 자신의 '어둠'이다. 즉 '김 장로의 집'은 선형으로 대변되고 '월향의 집'은 영채로 대변되기 때문이다. '김 장로의 집①'에서 선형과의 관계 가능성이 제기되고 '김 장로의 집②'에서 약혼이 확약된다. 그런데 비하여 '월향의 집①'에서 영채가 청량리로 간 사실을 듣게 되고 '집②'에서 영채가 평양으로 간 사실을 알게 된다. 이는 모두 영채의 불행과 직결된 것으로서 영채의 '어둠'이 된다.

  이런 기본 구도에 변화를 주고 있는 것은 '기차간'이라는 우연의 공간이다. 영채는 자살을 결심했지만 실행하기 전에 '기차간'에서 병욱이라는 여성을 만나 자살을 포기하게 되고 마침내 병욱과 더불어 동경유학의 길에 나서게 된다. 영채가 병욱을 만나게 되는 것은 평양행 '기차간'이었고 후에 유학을 떠나는 '기차간'에서 형식과 선형을 만나게 되어 갈등의 매듭을 완전히 풀게 된다. '기차간의 기연'이라 일컬어지는 '기차'라는 공간은 신문명의 상징물로서 나름대로의 의미를 지니는 공간이라고 할 수 있다. 이런 '기차간'의 공간은 이 작품에 다양성을 부여한다.

앞에서 살핀 것처럼 이광수의 『무정』은 시간적인 측면에서는 진화론적 내지 긍정적 입장을 견지한다. 그렇기 때문에 그의 소설은 항상 시련의 극복양상으로 나타난다. 미래에 대해서 희망적이고 긍정적이다. 그것은 암울한 식민지 시대를 살아야 했던 우리 민족에게 희망을 주기 위한 노력으로 평가된다.

공간에 있어서는 '집'이나 '기차간' 같은 축소된 지점이 된다. 소설을 개인적인 욕망 달성의 양상으로 전개함으로써 이루어진 결과로 보인다.

그밖에도 인물설정에 있어서 '형식―영채―선형'의 삼각 갈등 구조나 '만남과 헤어짐'의 반복 구조 같은 것은 소설의 일반적인 관례를 충실히 적용한 사례로 보여진다.

『무정』에 나타난 이런 기법적 특성은 우리나라 근대소설의 기틀을 확립하는데 크게 기여한 것으로 평가된다. 그가 추구한 원만성과 보편성 또는 합리성의 바탕은 우리나라 근대문학의 정립에 큰 바탕이 되었고 소설『무정』은 그런 점에서도 크게 평가 되어야 할 것이다.

이기영의 『고향』

이기영(李箕永)은 충남 아산 출생으로 호는 민촌(民村)이다. 일본 동경 세이소쿠(正則) 영어 학교를 중퇴하였다. 1924년 《개벽》에 단편 「오빠의 비밀편지」가 당선된 이래 카프(KAPF)에 가담하여 그 대표 작가로 활약하였다. 해방 후에는 조선프롤레타리아 예술연맹을 결성하여 프로문학운동을 주도하다가 월북한 이후에 조선문학예술총동맹 위원장에까지 오르면서 북한 문학과 문학 정책을 주도하였다. 이러한 이기영의 문학활동을 크게 4기로 나눌 수 있다.

제1기는 1924~26년에 발표한 초기 작품들로서 주인공이 대부분 영웅적으로 그려져 있고 계급사상에 입각한 계몽주의를 내세우고 있다. 「가난한 사람들」(개벽, 1925.) 「농부 정도룡」(개벽, 1926.) 「민촌」 등의 농민소설과 그 외에 풍자소설이 이에 속한다.

제2기는 1927~34년에 발표한 작품들로 계급의식의 각성을 보여주는 작품들이다. 제지공장 노동자들이 파업을 일으키는 「종이 뜨는 사람들」(대조, 1930.)과 빈농 출신의 노동자가 고향 농민들에게 계급의식을 일깨우는 「홍수」(조선일보, 1930.), 「서화(鼠火)」(조선일보, 1933.), 장편 『고향』 등이다.

제3기는 1935~45년에 발표한 작품들로서 KAPF 검거사건으로 투옥되어 감옥에서 구상해낸 장편 『인간수업』(조선중앙일보, 1936.), 「신개지(新開地)」(동아일보, 1938.) 등이다.

제4기는 월북 후 북한에서 발표한 작품들로서 『땅』(1948~49), 『두만강』(1954~61) 등을 들 수 있다. 소설집으로 『민촌』(1927), 『고향』(1936), 『이기영 단편집』(1939), 『인간수업』(1941), 『봄』(1989), 『두만강』(1989) 등이 있다.

장편 『고향』은 1933년 11월 15일에서 1934년 9월 21일까지 《조선일보》에 252회에 걸쳐 연재 발표된 장편소설이다. 이 소설은 '원터'라는 농촌을 배경으로 해서 지식인 소작농 김희준이 농민운동을 주도하는 내용으로 되어 있다. 농촌계몽운동이 활발히 전개되던 〈브나로드〉 운동의 시기인 1930년대 농촌의 실상이 잘 묘사되었고 경향소설의 가장 큰 문제점으로 지적되던 관념성과 도식성을 잘 극복한 소설로 평가를 받았다.

이 작품은 김희준이라는 주인공에게만 초점이 맞춰지지 않고 주변 인물과 배경에 고루 시선이 분산된다. '원터'라는 특정 공간에서 발생하는 사건들이 시간의 경과에 따라 파노라마식으로 나열되어, '돌아온 아들'(2장), '마을 사람들'(3장), '마름집'(5장), '청년회'(9장), '김선달'(12장), '중학생'(16장), '그 뒤의 갑숙이'(29장), '경호'(34장) 등의 소제목에서 거명된 인물들이 '춘궁'(4장), '농번기'(10장), '원두막'(15장), '풍년'(28장)과 같은 계절의 변화에 따라 일정하게 배치된다.

동경에서 고학을 하다가 학자금이 없어 중도에 포기한 김희준은 5년 만에 고향인 원터 마을로 돌아온다. 마을에는 철도가 놓이고 제사

공장이 들어섰으나 주민들은 여전히 가난을 면치 못한다. 그는 자신이 공부를 하러 떠났던 오륙 년 전보다도 더 황폐해진 고향에서 농민들을 깨우치고 살 것을 다짐한다. 이후 김희준은 평범한 소작농으로 살면서 농민들의 의식을 깨우치고 집단으로 결집하는 매개적 역할을 수행한다.

희준을 중심으로 한 소작인들은 지주를 대리하는 마름 안승학에게 소작료 감면을 요구하지만 거절당한다. 한편 마름의 딸 안갑숙이 공장에 들어가 노동쟁의를 벌였을 때 희준은 그녀를 돕는다. 희준의 행동에 감명을 받은 안갑숙은 부친에게 반대하여 농민들과 힘을 합쳐 노동연대투쟁을 전개한다. 『고향』은 이와 같이 지주 계급을 대표하는 안승학과 소작인을 대표하는 김희준을 중심인물로 전자의 몰락과 후자의 전망을 보여주면서 궁극적으로 사회 변혁의 가능성을 암시한 작품이다.

이 소설을 주인공의 관점에서 살피면 중심주인공인 김희준은 일본 유학생으로서 엘리트 교육을 받은 지식인이다. 그가 고향으로 돌아오는 것은 농촌을 위한 특별한 사명감에서는 아니다. 또한 어떤 성공 후에 돌아오는 금의환향과도 다르다. 그저 평범한 귀향인 것이다.

따라서 이 작품의 전개 양상은 의식을 지닌 지도자의 헌신과 노력을 중심으로 전개되는 당대의 농민소설과는 차이가 있다. 이 작품은 주인공 김희준이 하나의 촉매적인 구실을 하고는 있지만 실제의 운동 주체는 농민들 스스로의 단결과 노력의 양상이 된다. 즉 집단적 힘의 결집을 통하여 모순된 사회적 제도를 고쳐 보려는 것이 보다 뚜렷한 의도로서 부각되는데 이는 사회주의적 이념의 구현이기도 하다.

김희준은 농민들을 지도 계몽하고, 두레를 조직하는 등으로 농민 운동의 잠재력을 진작시키고 농촌의 어려움을 집단적 힘의 결집으로 극복하고자 한다. 즉 그는 농민들의 의식을 깨우치기 위하여 야학을 겸한 청년운동을 주도하고 공동체적 삶을 회복하기 위하여 두레를 조직하고, 소작 쟁의를 이끌어낸다. 그러나 그것은 그의 개인적인 탁월함에 의존된 것이 아니라 농민의 힘을 조직함으로써 가능해진다. 그는 농민 개개인을 집단적 주인공으로 내세우고 있는 것이다.

그러나 비록 작품이 농민들의 집단적 주인공 설정을 의식했다 하더라도 김희준의 지도적 위치가 약화되는 것은 아니다. 이는 김희준의 다음 독백을 통해서 살필 수 있다.

"놈들은 모두 조고만 사욕에 사로잡혀서 제 한 몸을 생각하기에 여념이 없지 않은가? 그래서 말로나 글로는 장한 소리를 하지만 뱃속은 돼지 같이 꿀꿀거리는 동물이야! 그것들과 같이 일을 해보겠다는 나 자신부터 같은 위인이 아닐까?"

그러다가도 어떤 박자로 열을 올려서 다시 일에 열중할 때에는 금시로 어떤 희망에 날뛰어서 낙관을 하게 했다.

"그렇다. 그들도 사람이 아닌가! 잘 지도하면 된다!"

김희준은 이러한 회의와 갈등을 겪으면서 농민들을 각성케 하고 단결케 하고 또한 뚜렷한 의식을 심어주는데 성공한다. 그리하여 마침내는 소작쟁의를 벌여서 승리를 획득한다.

김희준의 이런 활동은 농촌의 계몽과 생산성의 향상이라는 측면보다 소작쟁의를 통한 권리의 획득에 더욱 무게가 실려 있다. 이 작품이 지니는 사회주의적 속성이 여기서 발견된다. 즉 사회주의 소설은 사회의 구조를 계급 간의 갈등 구조로 파악하고 민중이 승리한다는 방략 속에서 작품이 창작되어지는 특징을 지닌다. 즉 소설의 전개가 민중적 투쟁과 그들의 승리가 확실할 수 있도록 전략적인 메시지를 담고자 하는 특징을 지닌다고 하겠다. 이 작품에서 농민적 힘의 결집을 위해서 농촌 생활의 문제만이 아니라 제사공장의 여공들의 파업을 접맥시켜서 작품적 격렬성을 증폭시킨 것도 그러한 의도를 부각시키기 위한 것이라 하겠다.

이 소설을 1930년대 대표적인 농민소설인 이광수의 『흙』 심훈의 『상록수』와 비교해 보면 그 차이가 보다 뚜렷이 드러난다.

*시대 : 1930년대. 일제의 식민지 시대

*장소 : 한국의 농촌

『흙』 – 정주, 살여울.『상록수』 – 안산, 청석골.『고향』 – 천안, 원터

*주인공 : 시골 출신 지식인 (조력자 – 의식 있는 여성)

『흙』 – 허숭(정선, 유순),『상록수』 – 박동혁(채영신),『고향』 – 김희준(안갑숙)

*주인공의 의식 : 농촌계몽. 농촌부흥. 민족갱생.

『흙』 – 농촌계몽, 조선주의의 부흥.『상록수』 – 농촌계몽. 실천적 경제 운동

『고향』 – 농촌계몽. 사회제도의 개선

*사건 전개 : 귀농의 단계 → 야학의 개설 → 지주와의 갈등 → 투쟁 → 성공(좌절)

이들 작품은 이러한 동질성의 바탕 위에서 작품이 전개되고 있는데 다만 투쟁의 방향에 있어서 약간의 차이를 나타낼 뿐이다. 즉 『흙』은 농촌운동의 결실이 조선주의의 건설로 직결되는 것으로서 민족주의적 이념을 드러낸 것이라면, 『상록수』는 농촌운동이 농민 빈곤을 해결하는 경제운동과 결부되어 농촌 잘 살기운동의 차원이 된다. 이에 비하여 『고향』은 농촌운동이 사회제도의 개선을 통해서 농민계층의 승리라는 사회주의 이념의 구현과 접맥된다는 점이다.

이러한 이념적 성향은 작가의 성향과 무관하지 않다. 『흙』의 허숭은 작가 이광수의 변용이라 할 수 있다. 이광수는 민족 지도자로서, 계몽주의자로서 조선인의 계몽과 조선혼의 진작을 관념적으로 역설해 온 인물이다. 『상록수』의 박동혁은 작가 심훈의 변용이다. 이 작품의 모델로 박동혁의 경우는 심훈의 장조카인 심재영(沈載英)이고 채영신은 YWCA의 추천으로 농촌운동을 한 최용신(崔容信)이라는 것은 널리 알려진 일이다. 『고향』의 경우도 김희준은 작가 이기영의 변용이다. 김희준이 추구한 사회주의적 투쟁의 면모는 이기영의 사회주의자로서의 이념이기 때문이다.

이들 작가들은 당대의 지식인이다. 이광수와 이기영은 사회운동가로서 이미 당대에 명성을 얻고 있었고 심훈도 〈염군사〉의 회원으로서 프로문학 운동에 뛰어들었고 연극의 주인공으로 활동할 정도였다. 이광수는 와세다에서 공부했고 이기영은 일본에 유학하여 〈세이소쿠(正則)영어학원〉을 다녔으며 심훈은 중국 상하이의 〈지강(之江)대학〉에서 수학했다.

『고향』의 작가인 이기영은 당대의 지식인으로서 사회의 엘리트로서 자기 이념에 충실했던 작가다. 작품 주인공도 그 자신의 변용으로

홍성암의 소설론 산책

서 뚜렷한 신념이 표출된 것이다. 그러나 그가 자신의 고향을 소재로 취급하면서 농민의 문제를 농민 자신의 의식으로 접근한 것이 아니라 외부인이 계몽운동의 일환으로 접근한 한계를 노정하고 있다. 농촌의 문제는 결과적으로 그곳에 살고 있는 농민의 문제며 그것은 농민 자신의 각성에 의해서 주도되어야 한다는 면을 생각하지 않을 수 없기 때문이다.

전영택의 「화수분」 외

소설가 전영택(田榮澤 1894~1968)은 한국문인협회를 창설(1961)하고 초대 이사장을 역임함으로써 한국 현대문학의 초석을 다진 분이다. 그는 우리나라 근대문학의 출발기인 1910년대에 〈창조동인〉을 결성(1919)하고 우리나라 최초 문예지인 『창조』를 발간하였고 이 문예지를 통하여 소설을 발표하였다. 이때의 동인으로는 김동인, 김억, 이광수, 주요한 등 13명이었는데 이들의 작품이 우리나라 근대문학의 출발이라고 할 수 있다.

그런 점에서 전영택은 한국 근대문학의 태동에 결정적인 역할을 하였으며 일제강점기와 해방공간, 그리고 광복 이후에 이르기까지 소설을 창작하고 문단활동을 활성화시키는 과정을 통하여 근대문학과 현대문학의 발전적 전승과정에도 크게 기여한 것으로 평가하게 된다.

전영택은 1894년 평양에서 출생했다. 호는 〈늘봄〉. 부친 전석영과 모친 강순애 사이에 8남매 중 셋째 아들로 태어났다. 그는 부친이 설립한 〈보동(保東)학교〉를 시작으로 평양 '대성학교', 서울 '관립의학교'를 다녔고 일본으로 유학 가서는 '청산학원' 중학부, 고등학부 문과를 수료하고 '청산대학 문학부'를 졸업한 후에 이어서 '청산대학 신학부'를 다녔다. 그리고 '미국태평양신학교'에서도 수학했다. 이는 당대의 상당한 문학인들이 암담한 현실적 상황에 절망하여 자학적 또는 염세적 자의식에 빠져 표류했던 양상과는 상당한 차이가 있다.

소설가로서 전영택의 문학활동은 1919년 단편 「혜선(惠善)의 사(死)」를 『창조』 창간호에 발표함으로써 시작된다. 이어서 「천치(天痴)? 천재(天才)?」(1919) 「독약을 마시는 여인」(1921) 「K와 그 어머니의 죽음」(1921) 「흰닭」(1924) 「화수분」(1925) 등의 수작을 남겼다.

해방 이후에도 지속적으로 작품활동을 하였는데 「소」(1950), 「새벽종」(1955), 「쥐 이야기」(1956), 「집」(1957), 「아버지와 아들」(1957), 「하늘을 바라보는 여인」(1958), 「한 마리 양(羊)」(1959), 「해바라기」(1959), 「금붕어」(1959), 「크리스마스 전야(前夜)의 풍경(風景)」(1960), 「거꾸로 맨 성경」(1961), 「모든 것을 바치고」(1961), 「생일파티」(1964), 「말없는 사람」(1964) 등의 단편과 「생명의 봄」(1920) 등의 중편, 「청춘곡(靑春曲)」(1938) 등의 장편, 성극(聖劇) 「순교자(殉敎者)」(1938), 설교수필집인 『인격주의(人格主義)』(1959) 등의 저술을 남겼다. 이밖에 논설집 『생명(生命)의 개조(改造)』(1926), 전기(傳記) 『유관순전』(1953), 수필집 『의(義)의 태양(太陽)』(1955), 창작집 『하늘을 바라보는 여인』(1958), 『전영택 창작집』(1965) 등이 있다.

전영택의 소설은 우리나라 초창기 근대문학의 성격을 대변한다고 할 수 있다. 일반적으로 당대의 문학을 퇴폐적 낭만주의 문학으로 규정하는 경우가 없지 않지만 이는 이상, 김유정 등의 젊은 작가들이 당대의 어려운 환경을 극복하는 과정에서 보여준 감상적이고 퇴폐적인 일부 경향을 드러낸 것이고 문예사조적인 측면에서 보면 일본의 근대문학과 결부되어 리얼리즘적 성격이 강했고 이런 특성을 잘 드러낸 것이 전영택이라고 할 수 있다.

본고에서는 전영택의 대표작으로 알려진 「화수분」과 『창조 2호』 (1919.3)에 발표한 단편소설 「천치? 천재?」를 통하여 한국 초창기 소설의 리얼리즘적 성격을 검토하고자 한다.

「천치? 천재?」는 근대적 제도 혹은 근대 교육이 어떻게 한 소년을 파멸로 몰아가는가를 보여준다. 소설 속 화자인 '나'는 초등학교 교사로 부임해서 열세 살 난 칠성이란 아이를 가르치게 된다. 칠성은 주변 사람들에게 '천치'로 취급을 받는 이른바 '비정상적인 아이'다. 화자인 '나'는 칠성을 자주 대하게 되면서 점차로 그가 특별한 재능을 지닌 아이라는 사실을 알게 된다.

칠성은 시인처럼 자연과 교감하며 '옥을 옥판에 굴리는 듯한' 고운 소리로 노래를 부를 줄 알고, 과학적 창의로 '젓지 않고 가는 배'를 만들어 띄우기도 한다. 그런 천재성에도 불구하고 지나친 호기심으로 인해서 화자가 가장 귀하게 여기는 귀한 만년필을 분해하여 망쳐 놓기도 한다.

한번은 같이 공부하는 학생의 시계를 훔쳐서 분해해서 망쳐놓게 되는데 이것을 빌미로 하여 화자는 칠성을 심하게 야단치고 체벌하게 된다. 그렇게 체벌을 당한 날 칠성은 평양으로 가겠다고 길을 나섰다가 길가에서 얼어 죽고 만다.

"칠성이가 없어지기 전날에 학교에서 어떤 큰 학생의 시계가 없어졌습

니다. 그래서 나는 학생을 하나씩 불러서 몸을 뒤져 보았습니다. 그 시계
가 마침내 칠성이의 몸에서 나왔습니다. 시계는 벌써 결단나 버렸더이
다." (*이하의 작품 인용은 편의를 위해 『전영택 중단편선, 화수분』,(문학과지성사 편, 한국
문학전집)에서 발췌하였음)

그 일로 화자는 칠성을 야단치고 채찍으로 매우 때리기까지 했다.

"칠성이는 내가 죽인 셈입니다. 칠성은 남이 가진 시계에 욕심을 내어
훔친 것이 아니외다. 똑딱똑딱 가는 것이 이상해서 깨뜨려 보려고 훔친
것인 줄 확실히 아나이다."

칠성은 "내 맘대로 깨뜨려 보고 내 맘대로 만들고, 그러카구 또 고
운 꽉 많이 얻을라구 평양 간다"는 글을 어머니에게 남기고 찬바람이
몹시 부는 날 길을 떠났다가 겨울 버드나무 밑에서 눈 위에 쪼그리고
앉아 떨다가 얼어 죽고 만 것이다. 화자는 자신의 무능을 자책하며
교사직을 떠나버린다.

이 작품은 교육의 본질에 대한 성찰을 제기한다. 인간의 본질적 다
양성을 외면하고 일률적인 규율을 강요하는가 하면 무엇이 참된 인
간이고 어떤 것이 참된 교육인가에 대한 성찰이 없이 사회의 편의성
에 의한 규격적인 인간 교육이 가져온 엄청난 피해를 고발하고 있는
것이다.
이 소설은 한 소년의 숨어 있는 잠재력을 발견하고도, 그것을 충분
히 키워내지 못한 '나'의 자책감이 곳곳에 드러난다. 칠성은 '자연의

일부'로서 행복하게 성장할 수도 있었지만 근대적 교육과 주변의 억압(외삼촌의 매질)으로 인해 희생되었다. 그 희생의 원인은 칠성에게 있는 듯하지만 합리적 태도로는 칠성이 과연 '천치인지, 천재인지'도 판별해 낼 수 없었던 것이다.

이는 당대 교육의 특수한 현실이면서 현재의 교육에도 성찰의 계기가 되는 보편적인 상황이기도 하다. 칠성의 죽음은 인간적 삶을 위한다는 명분으로 진행되는 근대 교육의 모순을 고발한 것이기도 하다. 이는 모든 교육자들이 또는 자녀를 교육해야 하는 모든 지식인들이 깊이 성찰해 보아야 할 과제가 된다고 하겠다. 전영택은 '칠성'이라는 상징적 인물을 통해서 목표지향적인 근대 교육의 문제점을 신랄하게 적시한 셈이다. 그런 점에서 이 작품의 리얼리즘적 특성은 매우 높이 평가 되어야 할 것이다.

전영택의 대표작이라고 알려진 단편소설 「화수분」은 『조선문단』(1925.1)에 발표된 작품이다. 이 작품의 주인공인 "화수분"은 가난한 가족의 가장이다. 그는 원래 양평에서 농사를 지으며 남부럽지 않게 살았지만 차차 가세가 기울어 서울로 올라와 남의 집 행랑살이를 하는 처지가 되었다. 그의 가족이 가진 재산이라고는 단벌 홑옷과 조그만 남비 그리고 날품팔이 지게가 전부였다. 그는 곤궁한 형편을 견디다 못해 아내가 큰딸 귀동이를 남의 집에 보내 버리자 밤을 새워 울며 애석해하기도 할 정도로 부정(父情)이 깊은 사람이었다.

화수분은 형이 다쳤다는 소식을 듣고 형의 농사일을 도우러 양평에 갔다가 몸살로 몸져눕게 된다. 그런 사이에 화수분의 아내는 곤궁을 견디다 못해 어린 딸 옥분을 업고 그를 만나러 엄동설한에 길을 떠나게 된다. 화수분도 마침 가족을 만나러 길을 나섰다가 어느 중도의 소나무 아래에서 상봉했다.

하지만 추위를 견딜 수 없어 부부는 어린 것을 가운데 두고 껴안은 채 밤을 지새우다가 결국 추위에 얼어 죽고 만다. 딸 옥분이만 화수분 부부가 꼭 껴안은 사이에서 추위를 견뎌내고 간신히 살아나게 된다.

"화수분은 양평서 오정이 거의 되어서 떠나서 해 져갈 즈음해서 백 리를 거의 와서 어떤 높은 고개를 올라섰다. 칼날 같은 바람이 뺨을 친다. 그는 고개를 숙여 앞을 내려다보다가 소나무 밑에 희끄무레한 사람의 모양을 보았다. 그것을 곧 달려가 보았다. 가 본즉 그것은 옥분과 그의 어머니다. 나무 밑 눈 위에 나뭇가지를 깔고 어린 것 없는 헌 누더기를 쓰고 한 끝으로 어린 것을 꼭 안아가지고 웅크리고 떨고 있다. 화수분은 왁 달려들어 안았다. 어멈은 눈은 떴으나 말은 못한다. 화수분도 말을 못한다. 어린 것을 가운데 두고 그냥 껴안고 밤을 지낸 모양이다."

화수분과 그 아내의 비극적 상봉이다. 그리고 그 결말은 다음과 같이 서술된다.

"이튿날 아침 나무장수가 지나다가 그 고개에 젊은 남녀의 껴안은 시체와 그 가운데 아직 막 자다 깬 어린애가 등에 따뜻한 햇볕을 받고 앉아서, 시체를 툭툭 치고 있는 것을 발견하여 어린 것만 소에 싣고 갔다."

전영택은 '화수분 부부의 숭고한 희생'을 통해 생명의 소중함과 삶의 치열한 가치에 대해서 성찰하고 있다. 삶의 비극성을 절실하게 형상화하면서 빈곤한 부부를 아무도 돕지 못한 사회에 대한 책임도 묻고 있다. 이는 액자소설로서 화수분의 이야기를 전개하고 있는 작중 화자의 자성적 태도를 통해서 드러낸다. 어멈이 어린 것을 업고 추위에 길을 떠나도록 방치했던 서술자 '나'의 죄의식은 '비극의 증언자'로서 작가의 위치와 겹쳐진다. '나'의 소시민적 태도와 '화수분' 부부의 숭고한 희생은 서로 대비되면서 진정한 사회적 윤리에 대해 성찰할 수 있는 계기를 제공한다.

이 소설은 작가의 감정이 절제되어 있으면서도 삶의 비극성을 절절하게 형상화했다는 측면에서 근대소설을 한 단계 발전시켰다는 평가를 받고 있다. 또한 치밀한 사실적 표현과 서술로 인하여 리얼리즘 소설의 백미라는 칭송을 듣기도 한다. 우리나라 초기 근대소설의 출발이 리얼리즘이었음도 살필 수 있다. 근대소설 초창기에 젊은 소설가 초심자들의 격한 감정의 발로로 인하여 자칫 낭만주의 소설이 당대의 본류였던 것처럼 오해되었던 점은 수정되어야 하리라고 본다.

전영택은 당대에 유행되던 신심리주의 작품적 경향에도 상당한 수준의 지식을 갖고 있었던 것으로 보인다. 이는 단편 「독약을 마시는 여인」(《창조 5호》 1923.1)에서도 잘 나타나고 있다. 이 소설은 작중인물의 내면심리의 독백적 표현이 매우 잘되어 있다. 이는 1930년대 이상의 「날개」를 통해서 우리 문단에 크게 인상지어진 것이지만 실제에 있어서는 전영택이 이미 시도하였고 작품적인 완성도에 있어서도 매우 우수했던 것으로 평가된다.

전영택은 이 작품의 후기에 (『전영택창작선집』 어문각, 1965) 다음과 같이 부기하고 있다.

"이 이야기는 아내가 기미년 3·1운동에 참가하여 만세 부르고 잡혀서 감옥살이를 하는 동안에 임신했던 아이가 영양 불량으로 난 지 석 달 만에 죽은 것을 기념하기 위해서 쓴 것이다. 아기 이름을 감옥에서 된 별이라고 해서 옥성(玉星)이라고 했었다."

이런 특별한 체험을 형상화한 것이어서 일정한 사건의 줄거리가 있는 것이 아니고 마음의 내적 흐름을 떠오르는 그대로 기술한 '의식의 흐름' 기법의 소설이 되고 있다. '의식의 흐름' 기법은 1910년대 서구에서는 제임스 조이스의 『율리시즈』 같은 작품에서 시도되어 많은 호응을 받았던 것이지만 한국의 경우는 1930년대 이상의 『날개』 같은 작품에서 실험적으로 시도된 것이다. 그런 점에서 전영택은 서양의 신심리주의 사조에 대해서도 익히 알고 있었던 것으로 보인다.

「독약을 마시는 여인」은 3·1운동에 가담했던 아내의 투옥과 자식의 죽음에 직면한 절망적인 체험의 내적 독백이어서 원통한 귀신들의 외침 등을 담은 만큼 처절하고 괴이하다. 특히 시체들이 일어나 웅얼거리는 모습, 절벽같이 캄캄한 하늘, 잠자코 제 갈 길만 가는 태양 등의 극단적인 이미지들이 두서없이 충돌한다. 그리하여 표현주의 연극의 한 장면을 연상케 한다. 결미에 "인생은 꿈이니라. 공이니라. 모든 참말은 다 거짓말이니라." 와 같은 절규는 작가의 내면심리의 절실함을 드러낸 것이다. 소설 중의 일부 표현을 인용해 보자.

"오늘 밤은 다섯째 밤이다.
견우성과 직녀성이 하늘 한가운데서 서로 바라보고 히들히들 웃었다가 눈물을 뚝뚝 흘리면서 엉엉 울었다가 다시 히들히들 웃었다가 한다. 또

쿨쩍쿨쩍 운다."

"큰방에서는 송장이 두어 개 일어나면서 두어 마디 중얼중얼 말을 한다. 다시 아무 소리 없다.
그것이 모두 거짓말이다.
그것들이 모두 악마들이다.
남을 사랑한다는 것은 거짓말이다.
태양은 잠자코 제 갈 길만 간다.
절벽같이 캄캄한 하늘이 이런 소리를 속삭인다."

"그의 사랑하는 딸은 잠들었다. 개와 쥐와 말은 다 깨었다. 다 한 곳에 모여서 비밀회의를 열고 연설을 한다. 강아지가 성을 내서 강연한 쥐를 막 욕한다. 개는 꼬리를 흔들면서 돌아앉았다. 슬그머니 일어나서 기지개를 한 번 켜고 어청어청 나간다. 마당에 있던 조약돌들이 춤을 추면서 정거장으로 누군지 환영 나갔다. 문 밖의 섬돌은 집에서 우쭐우쭐 춤을 추고 있다."

위의 인용에서 살핀 글들은 일정한 논리적인 연결로 이어지고 있는 것은 아니다. 마음속에서 일어나는 그 순간을 그대로 포착하여 표현한 것이다. 이른바 '의식의 흐름' 소설이다. 프로이드 이후 인간의 무의식 세계가 지니는 의미의 중요성이 강조되고 그것을 작품으로 표현해 보고자 하는 시도가 활발했는데 그런 시도의 일환이다. 즉 마음속에 무심코 떠오르는 그 순간적인 의식이 그 사람의 진실에 가까울 수 있다는 주장이다.

인간의 지적 또는 도덕적 지배를 받지 않은 무의식 그 자체를 표현해 보려는 것이다. 전영택의 이러한 시도는 이 소설에서 비교적 성공한 사례로 보여진다. 사건의 전개가 뚜렷하지는 않지만 마음의 갈등과 절망적인 작가의 내적 심리가 충분히 표현되고 있기 때문이다. 이는 전영택이 당대의 유행적인 문예사조에 매우 조예가 깊었음을 드러낸 것이기도 하다.

전영택은 한국 근대소설의 초창기의 인물로서 그는 동시대에 함께 활동한 이광수의 계몽주의 문학을 극복하기 위해 자연주의 문학을 작품 속에서 구현해 냈으며 또한 김동인 등의 낭만주의적 문학세계에 대해서도 리얼리즘적 방법으로 극복하고자 했다. 그리하여 구어체를 적극적으로 도입해 문체의 변화를 주도하는 데도 선도적 역할을 했다.

그런 점에서 그는 계몽주의적 태도로 반봉건을 자신의 과제로 설정했던 이광수와 구별될 뿐만 아니라 미학적 감각을 통해 '예술을 우월적 지위'에 놓고자 했던 김동인과도 구별된다. 전영택은 숙명에 자신을 내맡기지 않고 어떤 방식으로든 실천적 윤리로 극복하려고 하였다. 그리하여 리얼리즘 소설인 「천치? 천재?」와 「화수분」 같은 작품을 창작한 것이다. 이는 소시민의 시각으로 고통받는 하층민의 삶을 주시하고자 한 것으로서 매우 큰 문학적 업적이 되고 있다.

거기에다 식민지 지식인의 고뇌를 담은 「독약을 마시는 여인」을 발표함으로써 3 · 1운동에 참여하고 핍박받았던 식민지 지식인들의 고뇌를 드러내기도 했는데, 이때 원용한 '의식의 흐름 기법'은 매우 새로운 문예사조로서 전영택의 문학적 소양의 깊이를 짐작케 한다.

홍명희의 『임꺽정』

　벽초(碧初) 홍명희(洪命熹)는 1888년 조선왕조가 급전직하로 몰락해가던 19세기의 말에 태어나서 일제 식민지 시대에 성장했다. 그의 집안은 당대의 상류층이었다. 즉 증조 홍우길(洪祐吉)은 판서를 지냈고, 조부 홍승목(洪承穆)은 참판을 지냈으며, 부친 홍범식(洪範植)은 금산군수를 지내다 경술국치를 맞아 자결함으로써 순국한 분이다.

　홍명희는 신간회 간부로서 일제의 식민지 정책에 반대한 독립투사며 분단된 북한에서는 부수상을 역임할 만큼 정치적인 인물이었다. 그리고 장남인 홍기문(洪起文)은 식민지 시대 사회운동가요 국어학자였으며 월북 후 사회과학원 원장을 지낸 바 있고 손자인 홍석중(洪錫重)은 북한에서 역사소설가로 활약했다. 그런 점에서 홍명희의 집안은 대대로 정치와 매우 밀접한 관계에 있었다고 볼 수 있다. 그가 『임꺽정』을 쓰게 된 배경에는 이처럼 그의 정치적 성향이 크게 작용했을 것으로 본다.

　홍명희는 『임꺽정』을 쓰게 된 동기에서 "림꺽정이란 녯날 봉건사회에서 가장 학대밧든 백정계급의 한 인물이 아니엇습니까. 그가 가슴에 차 넘치는 계급적 **의 불낄을 품고 그때 사회에 대하여 반기를 든 것만 하여도 얼마나 장한 쾌거엿슴니까"라는 말로 창작의도를 내비치고 있다.

『임꺽정』(林巨正)은 1928년 11월 21일부터 연재되기 시작한 이후 약 10여 년간 제작·발표된 대하역사소설로서 비록 미완성작이긴 하나 그 규모의 방대함이나 서술방법의 새로움으로 말미암아 일찍부터 주목받아 온 작품이다. 홍명희는 이광수와 함께 근대역사소설의 기초를 닦은 선구적인 작가다. 이광수의 『마의태자』나 『단종애사』가 민족주의적 역사소설의 효시가 되었다면 홍명희의 『임꺽정』은 계급주의적 역사소설의 효시가 되었다.

『임꺽정』은 모두 다섯 편으로 구성되어 있다. 그런데 이야기의 전개과정을 살펴보면 크게 3단계로 구분할 수 있다. 제1편 〈봉단편〉과 제2편 〈피장편〉, 제3편 〈양반편〉은 그 첫 번째 단계에 해당하는 것으로서 임꺽정의 출생 및 성장 배경을 묘사한 것이고, 제4편 〈의형제편〉은 그 두 번째 단계에 해당하는 것으로서 훗날 임꺽정과 함께 활동하게 될 청석골 두령들의 내력을, 제5편 〈화적편〉은 그 세 번째 단계에 해당하는 것으로서 임꺽정이 화적의 무리들을 거느리고 본격적인 활약을 하는 모습을 제시하고 있다.

첫 번째 단계에서는 임꺽정과 같은 인물이 등장하게 된 시대적 배경이 잘 나타나 있다. 〈봉단편〉을 보면, 이장곤의 플롯이 중심을 이루고 있다. 이장곤은 원래 사대부 출신이지만 사화로 인해 생명의 위협을 받게 되자 신분을 숨기기 위해 고리백정의 딸과 결혼하고 천민들 속에 묻혀 살게 된 인물이다. 그런데 이러한 인연을 계기로 하여 천민들은 세상에 대한 새로운 인식을 가지게 되고, 앞으로 세상에 나아가 활동할 수 있는 발판을 얻고 있다. 연산군 때 유배당한 이장곤이 중종반정으로 다시 복귀하게 되자, 그 부인인 봉단이 왕의 특지를 받아 숙부인의 위치에 오르게 되었다든가, 봉단의 숙부 양주팔이 이장곤의 도움으로 서울에 진출하고 가정을 꾸미게 되었다든가 하는 것이 그것이다. 임꺽정의 출생도 이러한 천민들의 사회 진출의 양상 속에서 이루어진다. 즉 임꺽정은 그의 아버지인 임돌이가 이장곤의 주선으로 양주에 사는 소백정의 딸과 결혼하게 됨으로써 태어나게 되는 것이다.

〈피장편〉의 중심인물은 갖바치인 양주팔이 된다. 양주팔은 동소문 옆의 작은 오두막에서 갖바치 생활을 하면서 조광조, 김식 같은 당대의 명문거족들과 교류한다. 조광조 등은 갖바치에게서 당시 시대의 추세와 관련하여 지혜를 빌리게 되는데, 이는 천민과 상층 양반과의 동등성을 입증하는 것이기도 하다.

임꺽정이 양주팔의 집에 기거하며 그 성장기를 보내고 또한 교육되는 점은 임꺽정의 의식형성에 중요한 영향이 되고 있다. 임꺽정은 하층천민으로서의 자신의 신분에 결코 속박되지 아니하고 상층 양반들과의 관계에 있어서 항상 대등한 자기 위치를 지키려 한다. 이것이 그가 후에 화적으로서 변신하게 되는 필연적인 요인이 된다.

〈양반편〉은 주로 당시의 상층인 지배계층 상호간의 권력쟁투를 다루고 있다. 여기서는 부정과 부패, 음모와 모략, 유배와 살해 등의 정치적, 사회적 타락상을 집중적으로 서술함으로써 당시 사회의 부정적인 요소를 드러낸다.

첫 번째 단계인 상편은 이와 같이 연산군과 중종, 명종 때로 이어지는 정치 사회의 혼란과 부패한 탐관오리의 횡포로 말미암아 생존을 위협당한 하층민들이 더 이상 참을 수 없는 한계 상황 속에서 저항집단을 형성하게 되는 역사적 배경을 집중적으로 서술해 보이고 있다.

두 번째 단계인 〈의형제편〉은 임꺽정과 직접 또는 간접적으로 관계를 맺게 되는 청석골 두령들의 성장 배경과 그들이 화적이 되기까지의 과정이 서술된다. 그리고 이들은 주로 하층의 인물들이면서 다양한 신분으로 구성되어 있는데, 이러한 인물의 집단적 성격은 곧 이들이 민중계층임을 의미하는 것이기도 하다. 사회 조직의 구조적 모습으로 인하여 쫓겨나고 또한 소외될 수밖에 없게 된 이들이 저항집단을 형성하게 된 것은 결과적으로 시대의 산물이라 하겠다. 이는 특정 시대에 저항집단이 형성되는 모습을 보이는 것이면서 동시에 민중의식의 태동을 표출시킨 것이기도 하다.

세 번째 단계인 〈화적편〉은 〈의형제편〉에서 형성된 저항집단이 어떤 모습으로 지배계층에 도전하고 있는가를 보여준다. 청석골 화적들의 의적활동은 사회체제에 대한 부정에서 출발한 것이며 새로운 사회에 대한 갈망의 표출이기도 하다. 이는 민중이 사회적 정치적 의식을 갖게 됨으로써 스스로를 역사의 주체자로서 인식하는 것이기도 하다.

『임꺽정』의 서술양상은 이와 같이 제1단계에서는 의적들이 출현하게 되는 당시의 시대상이 제시되며, 제2단계에서는 청석골 두령으로 대변되는 저항집단의 형성양상이 제시되고, 제3단계에서는 의적들의 저항활동을 통하여 민중의 존재양식을 제시하게 된다.

이 작품의 주요 등장인물 설정은 주로 〈의형제편〉을 통하여 살필 수 있다. 〈의형제편〉은 임꺽정의 출생과 성장과정, 그리고 청석골 두령들의 성장 배경과 그들이 청석골 화적이 되기까지의 과정이 서술되고 있다.

〈의형제편〉에서 대표적 인물들은 후에 결의로써 의형제를 맺게 되는 박유복이, 곽오주, 길막봉이, 황천왕동이, 배돌석이, 이봉학이, 서림이와 임꺽정이가 된다. 이들은 제각기 다른 환경에서 성장하여 개성적인 성격을 지니며, 제각기 특이한 재주를 가진 자들로서 후에 모두 청석골 화적으로 합류한다. 즉 이들은 임꺽정과 직접적으로 또는 간접적으로 관계를 맺기도 하고, 이들 상호 간에 여러 인연으로 부딪치기도 하면서 후에 결의형제로서 종합된다. 이들 인물들의 성장 배경과 청석골로 합류하기까지의 과정을 살피면 다음과 같다.

박유복이는 부친이 무고를 당하여 죽자 그 유복자로 태어난 양민의 자식인데, 장년으로 성장한 후에 원수인 노첨지를 찾아 살해하고 관가에 쫓기던 중 청석골 도둑 오가에게 몸을 의탁하게 된다.

곽오주는 머슴 출신으로 금교역말 장날에 쌀을 팔러 갔다가 도둑이 된 박유복을 만나 힘겨루기를 한 끝에 서로 사귀게 되는데, 뒤늦게 장가가서 아내가 난산 끝에 아들을 낳고 죽자, 그는 아들을 살리려고 동냥젖을 먹이며 보살피다가 젖이 부족한 아기가 심하게 보채자 아기를 태질 쳐 죽이고는 청석골로 가게 된다.

길막봉이는 소금장수 출신으로 그 자형이 도둑에게 맞아서 불구가 된 원수를 갚으려고 청석골로 갔다가 임꺽정의 주선으로 청석골 두령들과 인연을 맺게 되는데, 그는 소금장수 길에 만난 처녀와 정을 통하여 결혼하게 되지만 처가살이하는 동안 장모의 잔소리에 견디지 못하여 청석골로 오게 된다.

황천왕동이는 백두산에서 살다가 그 누나가 임꺽정이와 결혼하게 되어 함께 하산하였다가 봉산 관아에 이방으로 있는 백이방의 딸과 결혼하여 장교가 되나 임꺽정 일당과의 연루관계가 밝혀져 청석골로 가게 되고, 배돌석이는 김해 역졸의 아들로 태어나서 비참한 생활로 떠돌다가 돌팔매질로 호랑이를 잡은 일로 경천역 역졸이 되지만 아내의 부정을 알게 되자 간부를 죽이고 청석골로 도망친다.

이봉학은 을묘왜변에 공을 세워 정의 현감 등을 거쳐 임진 별장이 되었다가 임꺽정의 일로 연루되어 청석골에 합류하게 되고, 서림은 아전 출신으로 평양 감사 밑에서 봉물짐을 관장하게 되어 진상물품 중에 일부를 빼돌리다가 발각되어 도망치던 중 청석골 도둑들에게 붙들리는 바가 되어 도둑들의 패에 가담한다.

그리고 임꺽정의 경우는 그의 집에 탈취당한 평양진상 봉물이 있다는 이웃집의 밀고 때문에 임꺽정의 가족이 관청에 잡히는 바가 되자 임꺽정은 옥을 깨고 가족을 구해서 가족과 함께 청석골로 들어가게 된다.

이들은 투옥된 길막봉이를 구하러 가게 된 일을 계기로 칠장사에 들러 세상을 떠난 병해대사(양주팔·갓바치)의 영전(불상) 앞에서 의형제를 맺는다. 즉 이들 형제들 중에서 임꺽정, 박유복, 이봉학은 유년 시절부터의 친구이며 황천왕동이는 처남이 되고, 여기에 곽오주, 배돌석, 길막봉이와 모사로서 서림이 가담하게 되는데, 병해대사(갓바치)는 이들의 정신적 지주가 되는 셈이다.

이들 인물들의 구심점은 임꺽정이지만 임꺽정이 서술의 축이 되는 것이 아니라 각 인물들이 제각기 독특한 성장과정과 재주를 지님으로써 모두 독특한 자기 위치를 지니게 된다. 즉 임꺽정은 백정 출신으로 검술에 뛰어나며, 박유복은 양민 출신으로 표창 솜씨가 뛰어나다. 이봉학은 양반의 서자로서 활을 잘 쏘고, 황천왕동이는 도망간 관비의 자식으로서 걸음걸이가 빠르며, 배돌석은 역졸 출신으로 돌팔매질을 잘하고, 곽오주는 머슴 출신으로 쇠도리께질을, 길막봉이는 소금장수 출신으로 쇠막대를, 서림은 아전 출신으로 모계에 능하다.

작가는 이 작품을 시작하면서 백정이라는 특수 사회집단들이 그들의 힘을 합쳐서 반봉의 기치를 걸고 싸우는 내용으로 구상하였던 듯하다. 그러나 실제 작품에는 각계각층의 불우한 인물들을 다양하게 수용하는 방법을 사용하였다. 따라서 백정이라는 특수집단의 모임보다 포괄의 범위가 넓고, 여러 개성을 집대성함으로써 청석골 화적패는 곧 소외된 민중의 전모를 대변하는 성격을 지니게 되는 것이다. 이들 집단 주인공들은 제각기 특정분야를 대변하는 대표성을 지니면서 그 집합체가 곧 민중을 대변할 수 있도록 인물이 설정되어 있다.

인물의 형상화에 있어서 특히 인상적인 것은 리얼리즘적인 묘사다. 임꺽정은 당시 사회의 풍습을 재현하는 온갖 디테일을 세밀히 묘사하고 있는데, 이를테면 굿걸이, 과부 보쌈, 데릴사위 생활, 호랑이 사냥, 사위 취재, 비부장이 생활, 기생들의 생활상, 진상품 보내기, 좀도둑의 옹색한 생활들과 민담, 전설, 관혼상제 등이 세시풍속과 접맥되어 당시 민중생활의 면모를 폭넓게 드러낸다.

이 작품의 주제는 제3부의 〈화적편〉에서 중점적으로 드러난다. 일반적으로 의적들은 탐관오리의 발호나 세금의 과중, 경제적 불균형, 신분상의 제약, 민의수렴의 미흡 등 사회의 구조적 모순이 극심한 상태에 이르렀을 때 출현하게 되며, 이들은 사회적 불의에 항거하여 권

홍성암의 소설론 산책

문세가를 습격하고 재물을 털어내어서 빈민을 구출하는 등의 선행을 추구하는 개인이나 집단이 된다.

『임꺽정』은 이러한 의적소설의 유형으로서, 이 작품에서의 저항은 대체로 관군과의 싸움이나 봉물짐의 탈취, 지방 수령의 징치, 불의한 자의 처벌 등으로 나타난다. 그러나 이 작품은 임꺽정의 화적 행각이 의적으로서의 이상과 목표가 뚜렷하게 드러나도록 형상화시키지는 못하고 있다. 즉 이 작품의 핵심을 이루어야 할 〈화적편〉에 있어서 임꺽정 일당들은 특별한 비전을 보이지 못하고 다만 단순한 도둑으로 전락하고 만다.

이 작품은 임꺽정이 매우 잔인했다는 기록과 남치근에게 토포되었다는 기록에 지나치게 얽매여서 임꺽정의 의적화에 한계를 보인 것으로 여겨진다. 그런 점에서 보면, 이 작품은 〈화적편〉에서 보다도 〈의형제편〉에서 당시 하층사회의 면모와 사회적 비리의 표출이 더욱 생생하게 제시되고 있는 듯하다.

즉 노첨지란 자가 박유복의 아버지를 무고하여 죽게 하고 그 상으로 무명 세필을 타서 잘 사는 생활이나, 세력 있는 정첨지의 아들이 남의 과부를 보쌈해오는 과정, 그리고 길막봉이가 박선달에게 당하는 괄세며, 배돌석이가 비부장이가 되어 당하는 수모 등이 사회의 비리를 폭로하는 것이라면, 군관들이 탈미골 산채를 엄습하면서 무고한 양민들을 함부로 잡아가는 것이나, 최가의 밀고로 영문 모르는 꺽정이네 가족을 마구 잡아 가두는 일 등은 관아의 행패가 된다.

이러한 사회환경 속에서 "상사람들이 양반에게 먹히지 않고 아전에게 발리지 않는 벌이가 도둑질밖에 없다"는 얘기가 나오게 된다.

『임꺽정』의 주인공들이 관아를 상대로 벌이는 저항은 앞에서 본 바의 비리와 부당한 사회현상에 대하여 자신의 생존을 유지하려는 방편이라 하겠다. 그러나 이런 의적활동은 대체로 그 한계가 빨리 드러난다. 의적의 저항이란 민중의 봉기와는 다른 성질로서 개별적이고 지엽적인 차원을 넘지 못하기 때문이다. 따라서 그들의 활동은 기존의 체제에 의하여 흡수되거나(수호지, 로빈후드) 아니면 궤멸되는(임꺽정) 운명을 피하기 어렵다. 이러한 속성으로 하여 임꺽정은 기존체제에 의하여 궤멸당하는 운명을 겪는다. 그들이 궤멸당하는 과정에서 결정적인 역할을 하는 것은 '노밤'과 '서림'이다. 노밤과 서림의 배반자적인 성격은 이미 그들의 전반부의 경력이 그런 배반을 통하여 임꺽정의 무리에 끼이게 되었음을 감안할 때 적절한 배역으로 이해된다.

결국 이런 좌절은 좌절로서 그 의미가 소멸되는 것은 아니다. 의적활동은 그것이 일어났다는 자체가 이미 하나의 의미가 되며, 그 실패의 과정은 곧 새로운 시대를 여는 단서로서의 가치를 지니는 것이다. 다만 『임꺽정』에서는 이런 저항과 좌절의 의식이 철저한 역사적 진실의 추적과 그것의 현대적 재현 속에서 이루어지는 것이 아니라, 사료의 제약 속에서 단순하게 전개되는데 문제점을 남기게 된다.

장용학의 『원형의 전설』

    장용학의 소설은 1950년대 이후의 전후소설에 있어서 뚜렷한 개성을 드러내 보인 작품들로 평가되고 있다. 특히 1955년에 발표된 단편 「요한시집」이나 1956년에 발표된 중편 「비인탄생」 그리고 1962년에 발표된 장편 『원형의 전설』 등은 많은 화제를 불러 일으켰다.

    일반적으로 장용학의 소설은 난해하고 혼란스런 것으로 알려져 있다. 우선 외형적으로 그의 소설에는 한자의 과다한 사용과 극히 관념적인 사설의 직설적 표현 같은 외면적인 것과 자아분열적인 주인공 등장, 가치관의 혼란, 이데올로기의 갈등, 사회구조의 부조리 등을 심도있게 다룸으로써 전후적인 특성을 심도있게 드러낸다. 그런 그의 작품에 대한 평가는 다양하다.

    "여기서 우리는 쉽게 용학의 전 작품을 이해하는데 필요한 두 개의 개념을 찾아낸다. 「노이로제」와 「강박관념」이 그것이다. (중략) 용학의 소설은 이렇게 그 내부에서 바라보면 구질구질한 노이로제 환자의 일지에 지나지 않지만 그밖에서 바라본다면 그것은 긍정적인 인간 혹은 실존하는 인간을 찾기 위한 빛나는 노력의 기록으로 보인다."

"운문으로 된 소설, 스토리 있는 논문, 철학의 르뽀르따쥬, 이것이 용학의 소설이다. 사르트르에서 실존을 배웠고 알레고리는 카프카를 닮았다. 니체와 도스토옙스키 사상의 사생아며 정통적 소설문학의 배반자다."

이러한 지적들에서 살펴지는 장용학 소설의 성격 규명은 결과적으로 장용학 소설의 이질성과 이단성을 드러낸다. 이런 작품적 성격은 매우 의도적이다. 그는 우리의 문학에 있어서 최고의 덕목은 순수가 아니라 풍부여야 한다고 말한다.[2] 그러기 위해서 외래사조의 유입은 불가피하다는 입장이다. 여기에서 작품적 이질성과 이단성이 노출된다고 보았다. 그런 기조에서 이질성과 이단성은 전통적 소설에 대한 도전이며 개혁으로서 장용학의 문학적 입지를 크게 강화시키는 계기가 되었다. 그러한 도전의 업적으로서 흔히 『원형의 전설』을 든다.

장편 『원형의 전설』은 우리 사회의 관습상 금기시되어 있는 근친상간을 다루고 있다. 그리고 우리의 분단 현실인 이데올로기의 갈등을 직접적으로 다룸으로써 한국전후소설의 한 특징이 된다. 장용학은 그의 작가의 변에서 세계가 자유와 평등의 두 진영으로 갈라져서 싸우고 있던 시절, 조선이라고 하는 조그만 나라에 있는 한 사생아의 이야기로서 〈자유〉와 〈평등〉이라는 서구의 물결이 우리나라에 들어와 투쟁의 양상으로 드러나고 있는 것이 6·25동란이라고 진단한다. 그리고 내용적인 면에서 근친상간이 중심 모티프가 되고 있는 것은 그것이 현대의 상황을 나타내는 매개체로서 가장 적합한 소재라고 생각한다. 즉 근친상간이야말로 기성의 도덕관념 중에서 가장 기피하는 의식으로서 이런 벽과의 대립이 그대로 현대적인 대결이라는

---

2) 장용학, 국민 문학을 위해서, 앞의 책, 445면.

홍성암의 소설론 산책

인식으로 보았다.

형식적인 면에서 이 작품의 원형은 그 작품 줄거리가 근친상간에서 시작되어 근친상간으로 끝나는 등으로 몇 개의 원 운동이 중심이 되며 원은 하나의 선이어서 이원론에 대한 일원론을 나타내는 것인데 선과 악의 이분법에 의해 왜곡되고 병든 현상을 근친상간이라는 타부를 장(場)으로 하여 그 세계의 벽을 뚫어보려는 하나의 시도였다고 말하기도 한다.

『원형의 전설』은 장용학 소설이 지니는 특징적인 요소들, 관념의 과다한 노출, 난해한 문장, 주인공의 괴이함 등이 그대로 노출되어 긍정적인 평가보다는 부정적인 평가가 많았던 것도 사실이다. 그러나 장용학은 새로움의 추구란 면에서 특별히 노력했다고 볼 수 있다. 즉 소재의 선택과 취급, 시점의 이동, 시간과 공간의 배치 등에 있어서 실험적인 노력을 기울인 것이다.

이 소설의 서사구조는 근친상간으로 태어난 이장(李章)이라는 주인공의 일생을 다룬 것이다. 이장은 의용군으로 입대했다가 포로로 잡히게 되고 다시 입북하여서 간첩이 되어 남하하지만 끝내 간첩에서도 이탈하게 된다. 이 과정에서 자신의 출생의 비밀을 추적하는 양상이다. 이 작품의 구성적 양상을 살피면 다음과 같다.

가)출생 : 이장은 백정의 아들인 오택부와 그 누이동생인 기미와의 근친상간으로 태어난다. 기미는 아이를 낳는 순간 마침 떨어진 벼락으로 죽게 된다.(기미는 창호지를 뚫고 들어간 그다지 굵지도 않은 가지에 가슴을 찔렸던 것이고, 그 치마폭 속에서 탯줄도 끊어지지 않은 갓난애가 이 세상에의 탄생을 울부짖고 있었던 것이다.)

　나)죽음 : 이장은 이복동생인 안지야와 오택부의 동굴 속에서 첫날을
치르고 마침내 떨어진 벼락으로 죽게 된다.(그때 동굴이 와르륵! 진동과 함께 파
산을 일으켰습니다. 동굴 위쪽에 있는 고목에 벼락이 떨어진 것입니다.)

　이런 순환의 구조는 작품의 제목이 보이고 있는 '원형(圓形)'이 의
미하는 바의 실현이다. 즉 그 어머니인 기미의 죽음과 이장의 출생이
대비되어서 이장과 이복동생 안지야의 죽음과 복숭아나무의 출현 양
식이 그것이다. 이장의 출생에 장치된 「과수원, 근친상간, 벼락, 나뭇
가지」가 죽음에 이르러서도 「동굴, 근친상간, 벼락, 나무둥치」로 연
결된다. 사건전개를 보다 구체적으로 살피면 다음과 같다.

　가)이장의 성장 : (1)양부모와의 갈등 (2)6 · 25와 양부모의 죽음 (3)사
생아임을 알게됨 (4)의용군 생활 (5)국군 생활 (6)후퇴 도중 동굴에 남음
　나)북한생활 : (1)동굴에서 포수인 털보영감에게 구조됨 (2)털보영감
과 윤희의 근친상간을 목격 (3)벼락맞은 느티나무 확인 (4)포로수용소
생활 (5)포로 교환시 북을 택함 (6)탄광의 노무관리 맡음 (7)대학원 생활
(8)농업학교 교사 생활
　다)서울생활 : (1)공산군에 충성, 남파 간첩이 됨 (2)대학교수가 됨
(3)기미와 오택부의 관계(출생의 비밀) 확인 (4)다방마담 안지야와의 만남
(5)현만우(기미의 연인)와 공자(公子) 만남 (6)김사장(간첩)에게 질책 당함,
(7)간첩 생활에서 이탈, 안지야의 집으로 피신함
　라)동굴생활 : (1)오택부(실부)에 의해 동굴에 갇힘 (2)오택부(친부) 만
남 (3)동굴을 탈출함

　　　　　　　　　　　　　　　홍성암의 소설론 산책

마)동굴을 탈출하여 : (1)안지야가 이복동생임을 알게 됨, 서로의 사랑을 확인 (2)P읍의 동굴에서 부부가 됨 (3)동굴이 무너져 죽게 됨 (4)그 자리에 복숭아나무가 자람

이 작품은 28개의 단락으로 나누어 볼 수가 있다. 그리고 공간적으로 보면 서울 → 북한 → 서울 → P읍(동굴) → 서울 P읍(동굴)의 양상이 된다. 이 작품에서 중심 모티프는 주인공 이장의 출생의 비밀이다. 그는 오빠에게 강간당해서 태어난 사생아다. 이 사생아 모티프는 사건 전개의 핵심이 된다. 주인공 이장은 사생아여서 생에 의미를 잃고 후퇴 도중에 동굴에 남게 되고, 포로 교환 때에 북쪽을 택한 것도 사생아이기 때문에 새로운 세계를 살고 싶어서 그런 것이다. 간첩으로 남파된 것도 출생의 비밀을 알고 싶어서였고 실부인 오택부를 찾아간 것도 출생의 비밀을 확인받고 싶어서였다. 동굴에서 죽음을 마지한 것도 사생아로서 새로운 삶을 기대해서다.

이 작품에서 특히 후반부에 이르면 주로 '만남'이라는 모티프가 중심이 되고 있다. 인간의 삶이라는 것이 근본적으로 만남의 연속이긴 하지만 이 소설은 사건의 극적 전개라기보다는 주로 만남을 통하여 자신의 출생의 비밀을 추적하는 양상이다. 이런 전개과정에서 출생의 비밀이 하나하나 밝혀지지만 그것은 또한 자신의 절망을 확인하는 과정이기도 하다. 그런 점에서 이장의 삶은 희망과 발전의 양상이 아니라 허무와 절망에로의 접근이 된다. 이 작품은 인간이 불행한 세계와의 만남을 다룬 것이며 근원적으로 거슬러 오르면 민족의 원죄의식과도 통한다.

장용학 소설의 실존주의적 성격은 그 자신이 이미 밝힌 바인데 "그

때 내가 느낀 실존주의 문학을 도식화해서 말한다면 '도스토옙스키-神性=사르트르'가 되었다. 거기서 내가 배운 것은 사물을 보는 '눈'이었다. 예를 들어 말하면 '들어오는 것'은 '나가는 것'이 된다. 밖에서 집으로 들어오는 것은 밖에서 볼 땐 '세계'에서 안(집)으로 나가는 것이 된다는 사실이다."3)라고 말하고 있다. 작가의 이런 주장은 이 작품의 기조가 실존주의에 있음을 드러낸 것이다. 인간존재에 대한 회의, 상황의 불가피성, 부조리, 불안, 허무, 반항 등으로 일컬어지는 실존주의 사조가 바로 장용학 소설의 분위기를 형성한 것이다.

단편 「요한시집」에서 주인공 '누혜'를 둘러싼 철조망, 수용소, 중편 「비인탄생」에서 '지호'를 둘러싼 동굴, 가난, 장편 『원형의 전설』에서 '이장'에게 주어진 동굴, 혈연, 같은 것들은 어쩔 수 없는 실존적 상황들이다.

---

3) 장용학, 실존과 요한시집, 「한국전후작품집」, 위의 책, 400면.

박경리의 『토지』

박경리의 『토지』는 1969년 9월에 《현대문학》지에 제1부가 연재되기 시작하여 1994년 8월 30일 《문화일보》에 연재가 끝날 때까지 26년이란 긴 시간에 걸쳐 창작되었다. 해방 이후 우리나라 소설사에 있어서 하나의 큰 업적으로 평가되고 있는 『토지』는 박경리가 심혈을 기울인 역작이었다.

"승리 없는 작업이었다. 끊임없이 희망을 도려내어 버티고 버티곤 하던 아픔의 연속이 내 삶이었는지 모른다. 배수의 진을 치듯이 절망을 짊어짐으로써만이 나는 차근히 발을 내밀 수가 있었다. 아무리 좁은 면이라도 희망의 여백이 두렵다. 타협하라는 속삭임이, 꿈을 먹는 것 같은 무중력이, 내가 나를 기만하는 교활한 술수가, 기적을 바라는 가엾은 소망이 ……희망은 이같이 흉하게 약화되어 가는 나를, 비천하게 겁을 먹는 나를 문득문득 깨닫게 한다."

작품을 쓰면서 느끼던 고통스러움을, 또는 마음의 자세를 박경리는 "타협의 거부"란 말로 잘 요약하고 있다. 마음속에서부터 들려오는 유혹, 즉 안이함에 대한 유혹을 거절하고 절망의 벼랑에 정면으로 맞서서 한자 한자 여백을 메워간 의지가 느껴지는 것이다. 육체적 질병과 정신적 고통 속에서도 (구약의 「욥기」에서처럼) 작품을 쓰는 일로써 인생의 시련을 극복하려 했던 그 자세는 경건하기까지 하다.

이 작품은 우선 가족사 연대기적 특성을 지닌다. 즉 특정의 시대를 특정가문의 가족사를 중심으로 서술해 나가다 다음에는 구한말에서부터 일제시대 이후까지의 최근세사를 재현하고 있는 점이다. 이는 현대의 전사로서 중요한 역사적 시간으로 간주할 수 있다. 또 다른 면에서 이 소설은 총체소설의 특성을 지닌다. 당대 시대의 각계각층의 인들들을 설정하여 그들의 삶을 다루면서 당대 시대의 총체성을 드러낸다. 그런 점에서 이 소설은 우리의 소설사에서 매우 중요한 위치에 있게 된다.

『토지』의 배경은 1890년을 전후한 구한말부터 시작되어 최근세에까지를 그 대상으로 하고 있다. 여기서는 편의상 제3부까지의 과정만을 검토해 보고자 한다. 즉 제3부는 1920년대 광주학생 발발까지가 되는데 이때까지의 가계도를 살피면 다음과 같다.

윤씨마님 → 최치수 → 서희 → ①환국
　　+　　　　　+　　　　+　　②윤국
(김개주)　(별당아씨)　길상
　　　　　　　　　+
　　　　　　　　김환

제1부에서 사건의 발단은 윤씨마님의 불륜의 씨인 구천(김환)이 최 참판 댁 하인으로 들어왔다가 형수뻘 되는 별당아씨와 연분을 맺고 함께 달아남으로써 시작된다. 이것이 계기가 되어 최씨가문의 당주 인 최치수가 살해됨으로써 최씨가문의 몰락이 시작되고, 동시에 재 종형인 조준구의 득세가 이루어진다. 최치수는 전통적 양반가문의 지주이며 보수적이고 무기력한 지식인으로서 고답한 선비의 전형이 라면, 조준구는 시대의 변화에 재빠르게 편승하여 자신의 허영과 탐 욕을 만족시키려는 개화지식인의 전형이라 할 수 있다. 따라서 최치 수의 죽음은 구시대의 몰락을 상징적으로 드러내는 것이며, 이에 비 하여 조준구가 최씨가의 모든 재산을 차지하게 되는 것은 구시대에 대한 새로운 문물의 대체를 의미한다. 또한 탐욕과 모략에 의해 전통 적인 것이 유린되는 양상이기도 하다.

제2부는 1911년 간도 용정촌의 대화재로부터 시작된다. 평사리에 서 용정으로 이주한 서희는 윤씨마님이 죽기 전에 몰래 물려준 패물 을 챙겨서 거간꾼 공노인의 도움으로 토지와 곡물에 투자하여 나이 열아홉에 상당한 자본가로 성장한다. 이러한 사건전개는 토지에 기 반을 둔 전통사회가 상업자본을 주축으로 하는 새로운 사회로 변하 는 모습을 보이는 것이다.

제1부의 농경생활 주축에서는 대지주와 거기에 예속된 소작농과 기타의 직업들로 관계되어지는데 제2부에 와서는 탈농업적 새로운 직업이 주축이 된다. 건축이나 벌목 노동자, 거간꾼, 광산사업, 객주, 식당, 등의 직업이 소개되고 근대적인 양상으로 교사, 순사 등의 직 업인이 등장하기도 하고 또한 자본주의적 금전의 위력이 드러나기도 한다. 식민지 시대의 지식인으로서 독립운동가들의 면모도 살필 수

있다. 이동진 같은 양반 출신 선비들, 젊은 지식인들, 그리고 동학의 병 같은 이들이 독립운동가의 주축이 된다.

여기서 서희의 삶은 매우 인상적이다. 서희는 한 달에 한번씩 용정촌에 거류하는 일본인 상류층 부인네들의 모임인 친목회에 참석하여 겉으로는 친일 행동을 드러내면서, 또 다른 한편으로는 길상과 공노인을 통하여 독립운동가들의 살림을 간접적으로 도움으로써 부상(富商)의 위치와 동시에 도덕적 양심을 지켜가려는 양면적 태도를 취한다. 서희는 양반가의 당주로서 권위를 유지하면서도 종복인 길상과 결혼을 함으로써 변화하는 시대에 능동적으로 적응한다.

제3부는 시대적 변화가 다양한 측면으로 전개된다. 이 시기는 1920년대로서 근대화의 문물이 소개된다. ①서당이나 가마 대신 학교와 철도 같은 근대문화의 이기가 등장하고 양반과 상민의 차이가 좁아지며, ②소설 공간이 서울, 부산, 진주, 하동은 물론 만주와 일본으로 확대되고 ③최씨 일가의 역할이 많은 사람의 공동의 일부로 축소되며 ④신문기자, 문학, 사회주의, 형평운동, 남녀평등, 교회, 연애, 일본 유학 등의 현대적 이념과 제도 등의 출현을 보게된다. 이 시기는『토지』의 1세대가 물러가고 2세대로 교체되는 현상도 나타나며 도시 인테리층의 등장도 발견된다.

『토지』의 인물 설정은 최씨가문의 가족관계에서부터 살필 수 있다. 최씨가문의 기본 골격은 최치수를 정점으로 그 어머니인 윤씨마님과 무남독녀인 서희가 중심이다. 그리고 최치수의 아내인 별당아씨는 다분히 비현실적인 존재로 숨겨진다. 이런 가족관계에 구천이란 인물이 뛰어든다. 구천은 윤씨마님이 동학의 거두인 김개주에게 겁간

당하여 낳은 불륜의 씨다. 그 구천이 형수뻘인 별당아씨와 사련(邪戀)을 맺게 되므로써 안정된 가족의 틀이 깨어지기 시작한다.

서민층의 대표적 인물로 용이를 들 수 있다. 용이는 어릴 때부터 최치수와 함께 자란 최치수의 종복이다. 그는 소작인으로 나가서도 최씨집안 일을 내일처럼 거든다. 이 작품에서 용이는 월선과의 애틋한 사랑으로 일관되는데 월선과의 사랑이 이상이고 꿈이라면 현실적인 아내인 강청댁과 임이네가 그의 메마른 현실이다.

이 작품은 이런 두 계층을 기본 축으로 하여 여러 사람들이 서로 얽히게 된다. 다양한 인간관계에도 불구하고 양반과 상민의 두 기본 축이 고정된 양상으로 전개되다가 제2세대가 되면 상당한 변화가 이루어진다. 최치수의 딸인 서희가 종복인 길상과 결혼하고, 서희와의 결혼에 실패한 양반 이상현은 기생인 봉순의 정부가 된다. 3부에서는 서희가 봉순과 이상현의 사이에서 태어난 딸을 양녀로 삼아 둘째 아들인 윤국과 지내게 함으로써 상현과 봉순에 대한 심리적 보상이 이루어지게 되며 아울러 상 · 하층 간의 화합의 모습이 된다.

위의 기본 축에서 당대 시대의 전형적 인물이 부가된다. 제1부에서의 개화 양반 조준구, 동학 의병 윤보, 그리고 제2부에서 독립운동가 송장환, 권필응, 장인걸, 의병인 김환, 강쇠, 왜병의 밀정인 김두수 같은 인물이다. 3부에서는 도시 인테리층인 임명빈, 서의돈, 이상현 그리고 서민 의병인 석이, 관수 같은 인물도 등장한다. 이런 인물 양상은 다음과 같이 분류될 수 있다.

*권위적 인물 : 최치수, 윤씨마님, 김훈장, 이동진, 서희 등(상층 인물)
*헌신적 인물 : 용이, 월선이, 봉순, 함안댁, 수동이 등(하층 인물)

*이기적 인물 : 조준구, 김평산, 김두수, 강청댁, 임이네, 삼수 등
*갈등적 인물 : 김환, 이상현, 혜관, 주갑, 윤보 등

　여기서 권위적 삶의 태도는 주로 전통적인 가치관을 가지며, 그것
을 유지하기 위하여 의지적으로 행동하는 상층인물이 된다. 신분과
재산, 가문의 유지에 노력하는 인물로 봉건적 가치체계에서 기득권
을 누리고 있는 계층이다.
　이에 비하여 헌신적 인물들은 이러한 권위적 상층계층의 이념을
뒷받침하는 순응적 인물이다. 다정다감하고 인정이 넘치는 인물이
다. 헌신과 충성으로 대변되는 이들 인물들은 환경이 주어지는 조건
에 따라 성공과 좌절이 피동적으로 주어지는 소극적인 삶의 전형이
다.
　이기적인 인물은 자신의 탐욕을 악착같이 성취해 나가려는 인물로
서 지나친 욕심 때문에 부분적인 성공에도 불구하고 마침내는 좌절
과 파탄을 겪게 된다. 갈등적 인물은 확고한 신념을 지니지 못했거나
자신의 신념이 시대적 환경에 용납되지 못해서 새로운 가치관을 탐
색하며 고뇌하는 인물들이다.

　이 작품에서 주제적 지향점은 단순하지 않다. 우선 김환이란 인물
을 통해서 동학이념을 드러내는 점을 살필 수 있다. 그는 동학혁명이
실패하자 지리산으로 숨어들어 동학잔당의 지도자가 된다. 그리하여
독립의병으로 왜경과 투쟁의 선봉에 서지만 밀고자의 밀고로 사로잡
히게 되자 자살을 택한다.
　시대상황과 결부하여 恨의 정서가 주조를 이룬다. 이 恨의 정서는

수천 년 수난의 역사를 살아오면서 우리 민족의 가슴에 응어리로 맺혀진 종류다. 그것은 잡초처럼 끈질긴 생명력으로 표출되기도 한다. 윤씨마님이 김개주에게 강간을 당하면서 마음속에 쌓아온 한이나, 조준구에게 재산을 빼앗긴 서희의 한, 그리고 용이를 사랑하면서도 이루지 못하는 월선의 한이 모두 비슷한 종류다.

이들 한은 이 작품에서 주로 유전적인 인자가 되어 전승된다. 즉 윤씨마님에서 서희로 이어지는 위엄과 냉엄함, 용이에게서 홍이로 이어지는 애틋함, 김개주에서 김환으로 이어지는 불륜과 방황, 김평산에서 김두수로 이어지는 잔인함과 교활함, 월선네에서 월선으로 이어지는 무당기질, 봉순네에서 봉순에게로 이어지는 헌신과 순종, 삼수애비에서 삼수로 이어지는 간음과 무책임 등이 그것이다.

이 작품의 미학적 성과는 이러한 삶의 진실을 생기있게 보여주는 데서 드러난다. 특히 1890년대에서 1920년대에 이르는 시기는 우리의 현재적 삶의 전사로서 중요한 의미가 된다. 작가는 민중적 삶의 모습을 객관정신에 의하여 작품에 수용함으로써 민중이 역사의 주체임을 뚜렷이 하는 것이다.

북한 소설 『피바다』

북한 소설 『피바다』는 『꽃파는 처녀』 『한 자위단원의 운명』과 더불어 북한의 3대 고전으로 알려진 작품이다. 그들은 이 작품들이 김일성 수령의 친필작품이라고 선전하고 모든 작품의 전범(典範)이 되어야 한다고 주장한다.

『피바다』는 주인공인 '순녀'의 일대기를 통해서 사건이 전개된다. 그리하여 작품 전개의 축은 가족이 된다. 이 작품에서는 순녀의 가족과 인연을 맺게 되는 사람들을 긍정의 축과 부정의 축으로 구분해서 전개되는데 최순녀의 가족으로는 윤섭, 원남, 을남, 갑순이 있고 조력자로 최명찬, 김달삼, 영실, 귀순, 경숙이 설정되면 반동적 인물로 자위단장인 변장국, 광산 주인이며 밀정인 강봉규, 호소가와 중위, 구마모도 헌병대장 그리고 그밖에 매개 인물로 공작원인 조동춘, 윤형보, 유격대장 김달삼 등으로 설정되어 있다.

『피바다』는 이처럼 다양한 인물이 설정되어 시대적 총체상을 드러내려는 작가의 의도를 보인 작품이다. 여기서 주인공은 농민의 일원으로서 선량한 이웃들과 빈곤을 극복하기 위해서 열심히 살아가려고 노력한다. 그러나 그런 노력에도 불구하고 일제의 주구와 결탁한 탐

욕스런 지주들의 착취로 빈곤에서 벗어날 수 없다. 거기에다 일제는 불순사상자를 색출한다는 명목으로 토벌대를 보내서 무차별 집을 불태우고 주민들을 포대공사 등에 강제로 동원하며, 유격혁명군의 틈입을 막기 위해서 자위단을 구성하는 등의 행패를 일삼게 되어 더 이상 선량한 농민으로 남을 수 있는 여지를 없앤다.

이에 주인공은 마침내 공작원으로 밀파된 사람들과 손을 잡고 조직을 공고히 하는 등의 방법으로 투쟁의 대열에 들어서게 되는 것이다. 주인공의 이런 발전과정에 있어서 뚜렷이 양분되는 것은 선량한 이웃들인 긍정적 인물과 지주 같은 부정적 인물이다. 탐욕의 전형으로서의 지주는 으레 일제의 순사나 헌병의 도움을 받으며 농민의 수탈에 혈안이 되어 있다. 이에 맞서는 선량한 주민들은 처음에는 일방적인 수탈을 강요당하지만 점차로 피압박 민중으로서 계급의식에 눈을 뜨게 되고 사회의 혁신을 위한 대열에 동참하게 되어 마침내 수탈지주를 처벌하고 일제의 주구들과의 투쟁의 길에 들어서게 된다.

이 작품은 민중의 의식을 깨우쳐 주는 매개자로서 공작원이나 유격대원이 설정되고 있다. 이런 인물 설정은 주인공의 처지를 처음에는 가족을 중심축으로 하여 개인사적으로 서술하다가 점차로 사회적 인물로 확대시키면서 계급적 자각을 하게 하여 계급투쟁의 길에 들어설 수 있도록 의도한 것으로 볼 수 있다.

이런 『피바다』의 특성에 대해서 북한의 문학평론가인 김홍섭은 『소설창작과 기교』라는 책에서 다음과 같이 요약한다.

　*『피바다』는 영생불멸의 주체사상을 구현하여 반혁명사상과 무장투쟁에 관한 사상을 심오히 밝히고 있다.

*성격의 개성화 : 혁명소설 『피바다』의 등장인물은 무려 백오십여 명이나 된다. 그 가운데서 자기 이름과 일정한 생활을 가지고 지면을 차지하고 있는 인물 형상은 긍정 인물이 44명이며 부정 인물이 10명으로써 합하여 54명이다. 대작에 나오는 이 모든 인물 형상들은 산 개성으로 생동하게 그려졌다.

　*혁명가의 탄생과 발전의 묘사 : 혁명소설 『피바다』의 가장 큰 사상예술적 성과는 조선의 소박하고 평범한 한 농촌 여성이 1930년대의 수난의 피바다를 헤치면서 혁명이 무엇이며 혁명을 왜 해야 하는가를 깨닫고 한 걸음 한 걸음 투쟁의 길을 걸으면서 마침내 대중을 혁명투쟁에로 조직 동원하는 세련된 녀성혁명가로 성장하는 그 과정을 훌륭히 형상한 데 있다.

　*형상의 집중화 : 이 장편소설에서도 중심주인공 최순녀에게 모든 형상요소들을 집중시키는 빛나는 기교를 보여주고 있다. 중심주인공에게로 모든 형상요소의 집중, 바로 이것이 작품의 가장 중요한 형상적 특징의 하나이며 형상의 집중화의 제일 주요한 핵심이다.

　이러한 북한식의 해석과 평가는 그 작품의 원작이 김일성 수령으로 되어 있는 이상 절대적 찬사만이 가능하다는 것은 주지의 사실이다. 이들 소설이 지향하는 이념은 결국 민족해방, 계급해방, 인간해방으로 요약된다. 민족해방의 차원에서는 민족적 양심을 지닌 소자산가와도 손잡을 수 있으며, 계급해방을 위해서는 빈농과 노동자의 연대성이 강화된다. 인간해방은 자아의 각성으로서 자기 극복을 이루게 된다.

　『피바다』의 전개 양상은 지주들의 수탈로 인한 농민들의 곤궁함이 전제되고 지주의 수탈양상과 일제의 만행을 극명하게 보여주며 작품의 궁극에 이르러서는 폭발적인 봉기로써 민중의 승리로 귀착된다. 이런 과정이 매우 변증법적으로 이루어지기 때문에 여러 작품을 놓고 볼 때는 이념 및 주제의 고정성이라든지 구성의 도식성 그리고 인물의 평면성과 정태성이란 지적을 받을 수 있게 된다. 이념을 실현해 나가는 양상에 있어서 민중의 빈궁상은 다음과 같이 서술된다.

시어빠진 갓김치 한보시기를 떠다가 조그만 소반에 차려놓고 보니 차라리 그것이나마 없을 때보다 더 서글픈 생각이 들었다. 한창 자랄 나이에 저것을 먹고 아이들이 어떻게 숟가락을 놓으랴 생각하니 새삼스럽게 가난이 원망스러웠다.

(언제면 우리 원남이 한번 배불리 실컷 먹여볼까…)

순녀는 이런 생각을 하다가 불쑥 제정신이 들어 아이들을 불렀다.

—『피바다』(상권) 51면. 이하 작품 인용은 〈한마당출판사〉(1988)본을 사용하였음. —

이런 궁핍상은 지주들의 수탈과 만행에서 기인한 것이다. 지주들의 만행에 대해서는 다음 인용에서 살필 수 있다.

그러나 늙은 추물의 분노는 더욱 불타올랐다. 부엌데기가 언감 주인집 마님보다 더 곱다니…아니 지어 서울 공부하는 아씨보다도 더 곱지 않은가. 이런 찢어 죽일년이 어데 있나!

숨이 가빠 가슴을 골풀무처럼 들먹거리며 행패를 하던 마고할미는 마침내 순녀의 예리디예린 볼을 한웅큼 움켜쥐고 사정없이 비틀었다.

"이년 이 찢어 죽일년, 네따위 부엌데기가 감히 분칠을 해!"

무엇 때문에 욕을 당하는지, 자기가 지은 죄가 무슨 죄인지 아무리 생각해도 알 바 없는 순녀는 묵묵히 매를 맞고 욕을 보았다.

　　—『피바다』(상권) 81면. —

횡포에 짓눌린 민중들은 생존을 위해서 투쟁의 길로 들어서게 되고 그들의 투쟁은 다음의 양상으로 폭발한다.

기마대는 큰버들골쪽에서 곧장 언덕을 꿰고 넘어왔다. 방앗간쪽으로 은밀히 접근한 보병놈들보다 한걸음 먼저 반대쪽 동네어구에 나타난 기마병놈들은 집집의 추녀마다 돌아가며 불을 지르는 한편 놀라 뛰쳐나온 마을사람들을 닥치는대로 쏘아넘겼다. 우물거리다가 선코를 뺏겼다고 생각한 보병놈들은 덮어놓고 총질을 해대며 거미떼 흩어지듯 온 동네로 흩어져갔다.

　　—『피바다』(상권) 92면. —

정각 네시였다.

한낮때부터 거리 요소요소에 박혀 있던 조직원들이 폭발을 신호로 일제히 군중앞에 뛰쳐나왔다.

"일본제국주의 침략자들을 타도하라!"

하고 구호를 선창한 광산부녀회장은 포목상점앞에 내다놓은 쪽걸상위에 뛰어올라서 외쳤다.

"여러분, 광산에서도 상동에서도 폭동을 일으켰답니다. 장가촌에서 월정개, 샘골에서도 쳐들어오고 있습니다. 우리도 들고 일어나 저 무도한 왜놈의 새끼들에게 원쑤를 갚읍시다.!"

"원쑤를 갚자!"

밑에서 경철어머니가 늙은이답지 않게 씩씩한 목소리로 받았다.

"일본제국주의를 타도하라!"

귀순이도 쨍쨍한 목소리로 외쳤다.

—『피바다』(하권) 325면. —

　인용은 이들 작품의 절정 부분으로서 민중의 폭발양상으로 나타난다. 오랫동안 억눌렸던 민중들은 마침내 더 이상 참을 수 없는 한계상황에 처하자 서로의 힘을 결집하여 억압자들에게 당당히 맞서게 된다. 그리고 그런 맞섬은 승리의 모습으로 귀결된다. 이는 계급투쟁의 결과가 마침내 민중이 승리로 귀결된다는 사회주의적 낙관론에 근거한 것이다. 그리고 계급적 투쟁의 필연성과 당위성을 제기하는 것이기도 하다. 이런 목적의식이 전제된 것이기 때문에 이들 작품에서 민중의 패배란 상정할 수 없다. 따라서 이들 작품은 변증법적 결론이 전제된 상태에서 창작되어진 것이라고 할 수 있다.

　그리하여 이 작품은 그 결미에 있어서 매우 낙관적이고 낭만적인 감상성을 지닌다. 특정이념을 설정하고 그것이 승리로 종결되는 도식성을 보이기 때문이다.

"참고 참아오던 눈물이 기쁨과 함께 동공을 넘어와 자꾸만 눈앞을 흐려 놓는 것이었다. 다만 어머니는 보랏빛으로 아롱진 눈물방울을 거쳐 아득히 미래에로 뻗어있는 드넓은 길- 혁명의 길을 뚜렷이 내다볼 뿐이었다."

—『피바다』(하권) 346면. —

이런 감상성과 낭만성은 주인공의 영웅화를 의도한 것이다. 이들 작품의 주인공은 비록 서민계층이고 점차로 사회적 인물로서 자신을 확대시켜 나가는 인물이지만 실제의 서술과정에서 구체적 리얼리티가 확보된 것은 아니다. 즉 작품이 환기하는 의식 이전에 이심전심으로 동의되는 시대적 환경을 관념적으로 수용한 것이다. 그리하여 격정적인 감정이 직접적으로 표출되는 양상이어서 매우 감상적(感傷的) 특성으로 나타나게 된 것이다.

홍성암의 『피안으로 가는 길』

1

작가가 자신의 작품을 분석하는 일은 창작 기법의 실제를 체험할 수 있는 기회가 될 것이다. 그런 점에서 이 논제는 나름대로 가치를 지닌다.

이 글에서 특히 역점을 주고자 하는 바는 표제로 설정된 '피안'에 대한 고찰이다. 흔히 '피안'은 불교 용어로서 현실을 '차안'으로 보았을 때 천국이나 극락과 같은 개념의 저쪽 세상을 뜻하는 말이다.

현세의 모든 인간은 자신이 살고 있는 현재의 불완전성에 대해서 불안과 불만족 또는 결핍의 상태를 지니기 마련이다. 그런 것들을 초월하고자 하는 관념에서 이상적인 어떤 세계를 동경하기 마련인데 흔히 천국이니 극락이니 이상향이니 유토피아니 하는 말로 표출된다. '피안'도 그런 범주의 관념이라고 하겠다.

『피안으로 가는 길』의 제1부 〈귀향〉에서 사건의 시작은 제과점으로 돈을 번 주인공 필녀가 설화무당으로부터 점괘를 듣게 되면서부터 일어난다.

"재물이 많으면 뭘 하누. 이웃에게 좀 베풀고 그래라. 내년이면 죽을 목숨이여."

내년이면 죽을 목숨이라는 뜻하지 않는 말을 듣고부터 필녀는 큰 충격을 받고 심하게 앓게 된다. 그리고 마침내는 정말 죽을지도 모른다는 강박관념 속에서 가출 이후 한 번도 찾은 적 없는 고향 부모님을 뵙고 싶다는 간절한 소망을 지니게 된다.

필녀는 중학교를 졸업하면서 바로 가출했다. 필녀의 엄마는 벙어리였고 아빠는 절름발이였다. 그래서 이웃의 조롱거리가 되었고 그런 집안이 창피하고 싫어서 중학교를 졸업하자 바로 가출했던 것이다. 가출 이후 서울에서 면직공장의 직공으로 전전하다가 교회 전도사인 현재의 남편을 만났던 것이다. 필녀는 불구자인 부모가 너무나도 싫어서 가출 이후 한 번도 고향을 찾지 않았다. 그런데 막상 죽음의 순간이 다가오자 부모에 대한 죄책감을 견딜 수 없어 고향의 부모님을 찾고자 결심하는 것이다.

필녀가 고향의 구멍가게에 들렀을 때 가게 노파로부터 듣게 된 말은 어릴 적 듣던 그 수모의 말이었다.

"보레이. 바우재 절뚝이네 아니 버버리네 딸 필녀가 아니가?"

이웃들의 그런 조롱을 견딜 수 없어 필녀는 중학교를 졸업하자 서둘러 고향을 떠났던 것이다. 그런데 20여 년의 세월이 지난 후에 돌아온 그녀의 고향집은 허물어진 빈 집이었고 부모의 모습은 어디에도 없었다. 그녀가 마음속에 늘 그리워했던 '피안'은 꿈결처럼 사라진 채였다.

필녀는 에덴에서 쫓겨난 인간 존재로서의 자신을 깨달았다. 아니

홍성암의 소설론 산책

스스로 에덴을 떠나버린 인간이었다. 필녀는 고향의 부모로부터 생명을 받고 성장했지만 부모의 불구를 부끄러워하여 고향을 등진 것이다. 그리고 그것이 얼마나 잘못된 생각이었던가를 깨닫게 되면서 부모를 찾게 된 것이지만 부모는 기다려주지 않았다. 이미 때가 늦은 것이다.

필녀는 고향에서 구멍가게로 연명하는 고모로부터 어머니의 죽음 소식을 듣게 된다.

"네 아빠는 술이라도 마시고 술주정이라도 하지만 말 못하는 네 어미는 어쩌냔 말이다. 장실 여기 바로 앞이 버스정류장이 아니냐? 자식새끼 돌아오는가 이제나 저제나 우두커니 길옆에서 기다리네. 처음에는 명절 때만 그러더니 나중에는 시도 때도 없어. 특히 비라도 내리려고 날씨가 궂은날이면 밤 깊은 줄도 모르고 기다리네. 그 꼴이 보기에 좋겠냐? 네 아버지에게 매까지 맞았단다. 네 엄마라면 껌북 죽는 사람이 여북하면 손찌검까지 했겠냐? 난들 올케의 그 꼴이 보기에 좋겠냐? 그러니 내 눈도 피하고 네 아비 눈도 피하려고 저 산모롱이까지 가서 숨어서 기다리다가 그렇게 기다리다가."

필녀의 어머니는 갑작스레 나타난 오토바이에 치어 숨지는 사고를 당하게 된다.

"어둑한 날씨에 산모롱이 골목에 숨어 있는 여인을 보면 모두 놀래서, 운전자들이 놀래서 장실에 귀신 나온다고 했었지. 얼굴이 얼마나 곱노. 그 얼굴에 화장하고 머리 곱게 빗고 좋은 옷 갈아입고 자식들

찾아오면 좋은 모습 보여준다고. 제 놈들도 사람이지 내 뱃속으로 낳은 자식들인데, 불구 아비 두고 말 못하는 어미 두고 어찌 코끝도 안 비칠 테냐? 언젠가는 한 번만이라도 찾아오겠지. 그런 자식들에게 좋은 모양 보여야지. 그렇게 기다리다가 그렇게 기다리다가."

필녀의 어머니는 그렇게 기다리다가 달려오던 오토바이에 치어 숨진 것이다. 산모롱이에서 불쑥 튀어나온 여인을 귀신인 줄로 착각하고 놀랐던 것이다. 결과적으로 필녀 어머니의 죽음은 자식들이 죽인 것이다. 거미의 새끼들이 어미의 시체를 뜯어먹고 성장하듯 인간들은 그들 부모의 죽음 속에서 완성된다. 불구의 몸이기 때문에 자식을 낳아서 기른 공덕은 더욱 큰 것이고 그 사랑 또한 더욱 위대한 것이지만 자식들은 그것을 깨닫지 못한다. 그리고 부모의 은혜를 깨닫게 되었을 때는 너무 늦게 된다. 부모님은 더 이상 이 세상에 계시지 않는다. 필녀의 '피안'은 어머니 그 자체였다. 그런 '피안'을 부정하고 외면하고 심지어는 파괴한 자가 필녀 자신이 아니던가? 필녀는 그런 원죄가 있는 것이다.

2

제2부의 〈백령도〉편에서는 필녀의 남동생인 필수가 중심 주인공이 된다. 필수는 고등학교를 졸업하면서 누나처럼 집이 싫어서 가출한 경우가 된다. 필수는 가출과 더불어 해병대에 자원입대하여 자신의 목숨을 담보로 항상 모험을 자초한다. 그는 백령도 군부대에 복무하던 중에 전직 북파공작원이었던 이규 씨를 만난다. 술에 만취해서 그

와 팔씨름을 하던 중에 문득 팔씨름을 좋아하던 아버지를 떠올린다.

"박필수는 그날 억수로 취했다. 엉엉 울었던 것 같다. 고향의 아버지를 생각하고 어머니를 생각하고 그동안 울지 못했던 울음을 술김에 쏟아부었던 것 같다. 다리병신 아버지가 싫어서, 벙어리 어머니가 싫어서, 고등학교를 졸업하자마자 가출하고 군에 입대해서 백령도 멀리까지 도망친 자신이 싫어서 엄청 울었다. 더구나 북파공작 임무를 자원하기까지 해서 목숨을 초개같이 버리려고 들었던 자신에 대한 혐오감에 미칠 것 같았다. 아무에게도 말해 본적이 없고 자신에게도 속이려 들었지만 그의 내면엔 부모에 대한 죄의식이 넘쳐흐르고 있었던 것이다."

그의 아버지에 대한 추억은 다음과 같이 이어진다.

"그가 아버지에게 물려받은 것이 바로 그 팔 힘 악력이었다. 다리병신인 아버지가 아무나 붙들고 씨름하자고 대들던 그 팔 힘을 자신이 물려받은 것이다. 절름거리는 아버지가 싫었고 술만 취하면 아무에게나 팔씨름을 하자고 달려들던 아버지는 더욱 싫었다. 그런데 그 싫은 아버지의 악력이 이렇게 무섭게 그리울 줄이야."

필수는 그런 자신의 과오에 진저리를 치면서 기회만 있으면 북한 땅에 북파되기를 자청한다. 그러다 발각되어 쫓기는 몸이 되고 서해의 갈매기 섬에 표류했다가 목관지뢰를 밟고 한쪽 다리를 잃게 된다. 아버지가 소아마비로 불구가 된 전철을 그 자신이 밟는 운명이 된다.

그는 후송된 병원에서 제대하여 수도사의 길을 걷게 되고 나중에는 신부가 되어 사회에 봉사하는 일을 그 사명으로 삼는다.

필수의 '피안'은 '아버지'로 대체된다. 그런 아버지를 강렬히 떠올리게 하는 부분이 팔씨름에서 연상되는 아버지의 팔 힘 '악력'이다. 어머니의 부드러움에 대신해서 아버지의 남성적 힘이 곧 사랑의 표징으로 기억된다. 그는 부모가 계시는 고향으로 돌아가고자 염원하지만 그가 지은 죄의 벽이 너무 두꺼워 그것이 쉽지 않다. 그는 신부가 되어 초부임지로 고향에 가까운 평창에 부임을 한다. 그리고 농부였던 부모님을 생각하며 4H 활동에 전념한다. 농민들을 돕고 농산물 종자개량 사업에 전념하면서 고향에 돌아갈 기회를 찾았던 것이다.

그러나 그는 대관령 안반데기 언덕에서 부모님이 계시는 고향을 바라보다가 실족하여 크게 다치게 된다. 그가 병원에 입원하여 병이 치유되기를 기다리는 중에 교황청의 지시로 독일 유학의 임무가 주어진다. 그가 유학에서 귀국하여 다시 고향을 다시 찾았을 때 부모는 이미 돌아가신 후였다.

3

제3부에서 '피안'은 앞에서의 두 경우와는 차이가 있다. 즉 1,2부에서는 부모와 자식 간의 사랑 곧 효(孝)의 범주에서 다루어진 것인데 비하여 3부에서는 부부간의 사랑 또는 남녀 간의 사랑이라는 명제로 넘어온다.

제3부에서의 서술 축은 필수가 백령도에서 만나서 그의 대부가 되

어준 이규 씨를 통해서 이루어진다. 이규 씨는 평안도 정주 사람이다. 6 · 25 때는 우익청년들과 유격대를 조직하고 북한 깊숙히 침투하여 공산군의 병참기지를 폭파하는 등의 활동을 한 바가 있다. 그는 휴전 후에 백령도에서 민박 겸 횟집을 경영하면서 백령도의 유지가 된다.

이규 씨가 가족처럼 여기는 사람 중에는 중화동의 김 선장네가 있다. 김 선장의 부친 김종근은 이규 씨의 오산중학교 선배로서 유격대 시절 동료였다. 그는 부인 정은실과 막 결혼한 터였는데 불의의 사고로 난파당하여 실종된 상태였다. 이규 씨는 김종근의 실종 사실을 알고 있어서 그가 죽은 인물로 취급하고 있었지만 그 사실을 알지 못하는 정은실은 이제나저제나 남편이 돌아올 것이라는 기대감에서 평생토록 백령도를 떠나지 못하고 있다.

어느 날 한 나그네가 찾아온다. 이규 씨와 사촌 간인 이홍규다. 그에게서 김종근의 소식을 듣게 된다. 난파당하여 죽은 줄 알았던 김종근이 북한으로 표류하여 생명을 건진 다음에 오로지 아내인 정은실만을 생각하며 지낸다는 것과 백령도에 살고 있을지도 모르는 이규에게 소식을 전해달라는 부탁을 했다는 것이다. 이런 뜻밖의 소식에 접한 이규는 김 선장과 더불어 압록강의 국경도시 단동으로 가서 김종근의 거처를 수소문한다.

그들은 여러 방면으로 수소문해서 김종근의 행적을 찾다가 우연히 낡고 허물어진 도교사원 '천후궁'에서 죽어가는 김종근의 흔적을 발견한다. 그들은 급히 김 선장으로 하여금 백령도의 어선을 단동에 밀입국하게 하여 김종근을 싣고 백령도로 향한다. 그러나 김종근이 백령도에 도착했을 때는 이미 숨을 거둔 뒤였다. 정은실은 죽은 남편의 혼백을 자신이 설립한 절간에 봉안하고 고향을 바라볼 수 있는 언덕에 미륵불을 조성한다. 평생토록 남편과의 해후를 고대해 왔던 정은실은 비록 죽어서 돌아온 남편의 혼백이지만 부처님의 큰 은혜라고 깊이 감동한다.

이와 비슷한 유형이지만 필수가 개마고원에서 만난 처녀인 임유진과의 만남도 '피안'의 한 양상으로 이해될 수 있다. 필수는 백령도 해병대 근무시절 북파되어 활동 중 요덕수용소 인근의 개마고원 가마소란 마을에서 리당비서의 딸인 임유진을 조우하게 된다. 임유진의 부친은 마을의 리당비서여서 북한 당국의 지시에 따라 마을 사람들을 관리했다. 한번은 양귀비 재배를 지시받고 충성스럽게 일하여 성과를 올렸지만 마을 사람들이 먹고 지낼 식량을 확보하지 못해 당국에 신소하게 되는데 이것이 계기가 되어 멸문지화를 입게 된다.

그런 위기에서 필수를 만나게 된 임유진은 필수의 도움을 요청하게 되고 필수는 진정으로 그녀를 돕겠다고 약속하지만 뜻하지 않은 사건으로 그 신분이 노출되어 북한 당국에게 쫓기는 몸이 된다. 그것에 연루되어 의심을 받은 임유진은 보위부 감시원들로부터 온갖 핍박을 받다가 마침내 두만강을 건너 중국으로 탈출하게 된다. 그녀는 중국 땅을 전전하는 동안 온갖 역경을 겪으면서 단동의 한국인 아파트 관리인이 되기까지 한다.

그런 임유진의 꿈은 오직 한국으로의 탈출이며 그곳에서 자신을 지켜주려고 했던 필수라는 인물을 찾는 일이었다. 임유진의 그런 노력은 여러 번의 실패 끝에 마침내 이루어졌다. 그녀는 한국으로의 탈출에 성공했고 제일 먼저 한 일은 자신의 처녀성을 지켜주고자 했던 박필수란 인물을 찾는 일이었다. 그녀는 온갖 노력 끝에 그녀가 찾는 필수라는 인물이 신부가 되어 아프리카 탄자니아 세렝게티에서 유목민을 선교하고 있다는 것을 알게 되자 무작정 세렝게티로 떠나게 된다.

여기서 임유진과 박필서의 만남은 앞에서 정은실과 김종근의 만남처럼 '만남' 그 자체가 '피안'의 양상이 된다. 만남 자체가 행복의 조건이고 결실이기 때문이다. 정은실의 경우 남편인 김종근의 혼백을 절간에 모시는 것으로서, 임유진의 경우는 필서의 곁으로 갈 수 있게 되었다는 것으로서 하나의 결실이 매듭지어지기 때문이다.

제3부에는 그밖에도 보다 하위 개념으로서 '피안'의 여러 형태를 상정해 볼 수도 있다.

탈북하여 국경도시인 단동으로 넘어온 북한인 중에는 그 '피안'의 대상을 남한으로 정하고 어떤 고난도 모두 견디며 남한으로의 탈출을 성공시키려는 부류와 단동에서 중국인과 결혼하거나 정착하여 돈을 벌고 북한의 가족들을 돕는 현재가 행복하다고 여기는 부류와 끝내 돈을 벌어서 다시 북한으로 돌아가려는 세 부류가 있는데 행복추구의 양상이 이처럼 다른 것은 그 개성만큼 주어진 조건의 수용이라고도 할 수 있다.

이 소설에서 '피안'은 행복 추구의 방법론에서부터 태생적인 내면의 본능과 환경 조건의 수용과 적용이란 측면에서 이해되는 것이라고도 할 수 있다. 즉 부모와 자식 간의 효와 사랑, 남녀 간의 사랑 또는 생활 조건의 적용과정 등이 '피안'의 요소가 되는 다양한 범주로 활용되고 있음을 살피게 된다.

부록

형과 형수

형과 형수

　겨울 바다가 새파랗게 날을 갈고 으르렁거렸다. 눈발마저 흩날리고 있어서 바다는 더욱 음산했다. 철민은 형의 유골이 담겼던 빈 상자를 물끄러미 내려다보았다. 형의 영혼을 가두었던 상자곽. 지금쯤 형의 영혼은 세찬 바람을 타고 하늘 끝까지 솟구치고 있을 것이다. 아니면 거친 파도의 능선을 헤치며 파도꽃을 피우고 있을지 모른다. 육신의 무게를 벗어 던진 가벼움으로 어머니의 품속으로 스며드는 것이다. 이미 오래전에 영혼이 되어 떠돌고 있는 어머니의 품.

　철민은 어머니의 유골이 바다에 뿌려진 사실을 형에게서 들었다. 너는 모르겠지만……. 어머니에 대해서 말할 때 형은 그런 식의 전제를 달곤 했다. 엄마의 뼛가루가 바다에 뿌려지던 때, 그때는 바람이 몹시 불었지. 너 기억나니? 철민은 그런 기억이 자신의 두뇌 속에 남아 있는지 어떤지를 뒤져보곤 했다. 기억나지 않을 게다. 하긴 나도 어떨 땐 희미하거든. 눈발이 푸설푸설 날렸었지. 몹시 추웠고. 넌 꽁꽁 얼어서 울지도 못했으니까.

　어머니에 대한 기억을 묻는 형의 갑작스런 질문을 받을 때마다 철민은 곤혹스러웠다. 언뜻 생각날 것도 같고. 어머니가 돌아가신 것은 철민이 네 살 때였다. 그러니 어머니에 대한 기억이 희미할 밖에. 형은 그보다 다섯 살이나 위여서 어머니에 대한 정이 남달랐던 것 같다. 그래서 어머니에 대해서 뚜렷한 기억을 지니지 못한 철민이 매우 불만인 모양이었다.

형은 밥을 먹다가, 또는 외출을 하려고 문을 열다가 갑자기 물었다. 너 엄마가 기억나니? 그렇게 묻는 형의 억양에는 다분히 철민을 몰아세우려는 기세가 역력했다. 엄마도 기억하지 못하는 멍청한 놈. 또는 다른 의미가 있는지 모른다. 아무리 네게 잘해주어도 계모는 계모야. 엄마가 될 수는 없어. 그러니 새엄마에게 아양떠는 짓은 그만두란 말이야.

철민은 자신이 새어머니에게 아양을 떤다고는 생각지 않았다. 새어머니가 친엄마처럼 잘해주니까 잘 따를 뿐이다. 그런데 형은 그게 못마땅한 모양이었다. 철민은 수시로 형에게 닦달을 당하지만 어머니에 대한 기억은 언제나 분명치 않았다. 꿈을 깨고 났을 때 꿈속 풍경처럼 몽롱했다. 아련한 안개에 가려진 사물처럼. 때로는 포근한 어머니의 젖가슴 감촉과 향긋한 체취가 갑자기 기억날 것 같은 때도 있었다.

형은 새어머니가 아무리 잘 챙겨주어도 거들떠보지 않았다. 철민은 새어머니가 뒷방에 몸을 숨기고 숨죽여 우는 것을 여러 번 보았다. 네 형은 어쩌면 너하고는 그렇게 다르냐? 그런 새어머니를 아버지가 다독거렸다. 사춘기가 지나면 달라질 거요. 그러니 조금만 더 참구려.

그러나 형은 사춘기를 마치기도 전에 가출하고 말았다. 그 이후로 형은 바람처럼 불쑥 집으로 나타나기도 하고 또 그렇게 사라지곤 했다. 대체로 곤궁해져서 돈이 필요할 때만 불쑥 나타났던 것이다. 형이 그렇게 불쑥 나타날 때마다 아버지는 노발대발해서 당장 나가라고 고함을 질렀다. 네놈은 이제 자식도 아니다. 그러나 새어머니는 형이 요구하는 얼만큼의 돈을 아버지 몰래 마련해주는 듯싶었다. 그런 사실이 들통나면 아버지의 호된 꾸지람을 들어야 했다. 내가 자식이 아니라는데 임자가 왜 나서는 거요. 세월이 약이라지 않아요. 그러니 당신이 참으셔야지요. 새어머니는 마음씨가 무던한 편이었다. 세월이 약이란 말은 흔히 쓰이는 말이지만 형에게는 별로 통하지 않았다. 세월이 지나도 형은 변하지 않았기 때문이다.

형은 아버지의 갑작스런 죽음도 알지 못했다. 아버지의 죽음은 전혀 뜻밖이었다. 한약방을 경영하시는 아버지는 자신의 건강에는 남다른 정성을 쏟았다. 만년에는 술도 담배도 하지 않았다. 때때로 보약을 챙겨 드셔서 항상 혈색이 좋았다. 건장한 체구의 아버지가 장식용 지팡이를 건들거리며 걷는 모습은 매우 멋스러워 보였다.

저런 풍채니 한약방집 맏딸을 꼬셔냈지. 마을 사람들의 질시가 곁들인 험구였다. 어머니가 그 풍채에 빠져서 퍽도 따랐던 모양이다. 딸만 셋이던 외할아버지의 한약방은 자연스럽게 맏딸의 사위인 아버지의 몫이 되었다. 약재에 대해서는 아버지보다 어머니가 더 밝았다. 어려서부터 할아버지의 귀여움을 받으며 약재를 익힌 탓이다.

건장하시던 아버지가 갑작스럽게 돌아가신 날은 공교롭게도 새어머니와 재혼한 지 7년째 되는 날이다. 새어머니의 꿈에 돌아가신 어머니가 나타났다는 것이다. 영실아. 이제 너도 그만큼 살았으면 됐다. 이젠 내가 데려가야겠다. 꿈속에 나타난 어머니의 그 말에 새어머니는 펄쩍 뛰었다는 것이다. 언니, 그게 무슨 말이유. 한 마을에 살던 처지라 어머니와는 언니, 동생으로 자별한 사이라고 했다. 언니,

그런 말 마요. 처녀로 시집 와서 겨우 칠 년인데. 새어머니도 아버지를 흠모해서 과년하도록 결혼을 미루다가 막상 상처를 하게 되자 그 후처를 자청했다고 한다. 꿈속에 나타난 어머니가 새어머니의 말엔 들은 척도 않고 말하더라는 것이다. 그러게 빌려준 게 아니냐. 네가 시집도 안 가고 버티는 게 안쓰러워서 말이다. 하지만 이젠 데려갈 때가 되었다.

새어머니는 그 말을 듣자 눈앞이 캄캄하더라는 것이다. 언니. 해도 너무 해요. 겨우 칠 년인데. 그러다 퍼뜩 잠이 깼다는 것이다. 꿈이 너무도 생생해서 옆에 누워 있는 남편의 몸을 더듬어 보았다는 것이다. 그때 남편은 이미 싸늘한 시체가 되어 있었다. 잠자다가 심장마비가 왔던 것이다. 세상에 그럴 수가 있니? 새어머니는 한동안 실성한 사람 같았다. 아무리 제 남편이 좋기로서니. 산 사람을 그렇게 데려갈 수 있냐? 결혼기념일 음식으로 아버지의 장례식을 치르며 새어머니는 도무지 믿을 수 없어 했다.

새어머니에게는 자식도 없었다. 새어머니는 그것도 분했다. 제 자식 잘 키우라고 자식 낳는 것도 방해한 거여. 병원에서도 아무 이상이 없다고 하고, 좋은 한약재는 다 썼는데도 자식을 못 낳은 이유를 그제야 알겠드먼. 죽은 어머니의 혼령이 방해해서 자식을 밸 수 없었다는 것이다. 주위에서 우연의 일치가 아니겠느냐고 위로를 해도 새어머니는 조금도 자신의 주장을 굽히지 않았다. 그게 어찌 우연의 일치유. 꼭 칠 년째, 정확히 결혼 날짜에 맞추어서 데려갔는데, 꿈속에 나타나기까지 해서 말이요. 그게 어찌 우연일 수가 있느냐구요.

남편을 어이없이 잃은 새어머니는 그나마 철민이에게 위안을 찾으려고 했다. 새어머니는 철민의 등을 토닥이며 자신을 위로하곤 했다.

너 하나라도 있으니까 내가 열심히 살아야지. 안 그러니? 그럼요. 제가 어머니를 잘 모실게요. 돌아가신 아버지는 잊으세요. 새어머니는 나름대로 마음을 다잡으려고 퍽도 애를 쓰는 눈치였다. 그러나 철민이 대학생이 되자 홀연 외국으로 이민을 신청했다. 벌써 이민을 떠난 친정 식구들이 그녀를 설득한 것이다. 자식도 없이 언제까지 그냥 살테냐? 마음을 정해라. 새어머니는 대학생이 된 철민을 대견하게 여겨서 말했다. 남겨진 재산이 좀 있으니 이젠 네 힘으로 자립해라. 이젠 너도 대학생이 아니냐.

형은 그런 집안의 북새통도 알지 못했다. 형은 몇 년 동안이나 집안에 얼굴을 비치지 않았던 것이다. 철민이 재산을 정리하고 대학을 졸업한 후에 서울의 작은 사립중학교에 교편을 잡게 된 어느 날 형이 불쑥 얼굴을 내밀었다. 그리고 대뜸 하는 말이 돈 좀 줄 수 있겠니? 하는 것이었다. 철민의 주소를 어떻게 알았는지, 그동안 무엇을 하며 지냈는지, 아버지의 죽음과 새어머니의 이민에 대해서는 알고 있었는지 어쨌는지 전혀 묻지도 않았고 관심도 없는 듯했다.

그가 동생을 만나서 한 첫마디가 '돈 좀 줄 수 있니?'였고 그다음 말이란 게 '넌 어머니 모습이 기억나니?'가 전부였다. 어머니가 형을 끔찍이 위했을 것이란 것은 짐작이 되는 일이었다. 형은 철민이 태어나기 전까지 5년 동안이나 한약방집 외아들이었다. 거기에다 평소 정이 많은 어머니의 남다른 사랑을 받았을 것이다. 이웃들이 그런 사실을 증언했다. 빨리 죽으려고 그랬던 모양이다. 우리 철영이, 우리 철영이, 하고 노상 입에 달고 살더니. 이웃 부녀자들의 말이다. 얼굴도 제 아비를 빼 닮았어. 똑같다니까. 소꿉친구 때부터 그리 좋아하더니. 어머니는 소꿉놀이 때도 아버지를 꼭 남편으로 삼았고, 아버지

홍성암의 소설론 산책

없이는 소꿉놀이도 하지 않았다고 했다. 한약방집 맏딸이란 유세가 있어서 그런 억지가 통했던 모양이다.

어머니가 아버지를 위하는 정성은 대단했던 모양이다. 이웃으로부터 단편적으로 들은 이야기지만 집안에서 큰소리가 난 일은 한 번도 없었다고 한다. 아버지는 마음이 약한 분이라 생시엔 큰소리 낼 이유도 없었지만 어쩌다 몹시 화가 나서 술이 제법 취한 때라도 어머니의 능숙한 접대에 그냥 넘어가고 만다는 것이다. 어머니는 술취한 남편을 잘 달래는 요령을 알고 있었다. 당신 술이 모자라지 않아요. 나랑 한 잔 더 해요. 어머니는 따끈하게 뎁힌 정종을 예쁜 사기 주전자에 담고 맛깔스런 안주를 곁들인 술상을 마련하여 대작을 청한다는 것이다. 일본 기생처럼 무릎을 꿇고 술을 따르는 모습이 그렇게 보기에 좋을 수가 없었다고 한다. 술에 약한 아버지는 어머니의 미인계에 넘어가서 몇 잔 더 마시지도 못하고 그냥 곯아떨어지는 것이다.

술꾼 남편을 둔 이웃들은 모두 한약방집을 부러워했다고 한다. 그러나 아무나 흉내 낼 수 있는 것도 아니었다. 대부분의 아낙들이 술취한 남편을 타박하다가 대판 싸움이 붙어 얻어맞기도 하고, 기물이 부서지기도 하고, 온 동네가 떠들썩하도록 창피를 떠는 것이 대부분이었다. 그런 난리를 부리고 다음날 정신이 돌아온 남정네들은 계면쩍게 뒤통수를 긁으며 한약방 아낙네 같이 했으면 아무 탈이 없었을 것을, 하고 제 아내를 나무란다는 것이다. 그걸 아무나 하요. 아낙네들은 그렇게 퉁명스럽게 받아치며 멍든 눈두덩을 홀키는 것이다.

어머니는 그처럼 아무나 할 수 없는 일을 아주 자연스럽게 해 냈는데, 본디 타고난 천성이 그렇기도 했겠지만 남편에 대한 극진한 사랑이 그런 행동을 가능하게 했을 것이라고 말하기도 했다. 어머니는 약초에

익숙하지 않은 아버지를 위해서 험한 산속까지도 함께 다니며 약초를 수집하기도 했다는 것이다. 큰 약초 보퉁이를 메고 부부가 함께 하산하는 것을 보고 모두들 하늘이 맺어 준 천생배필이라고 했다는 것이다.

그런 어머니에 대한 기억 때문인지 형은 어머니가 죽은 이후로 마음을 잡지 못하고 평생을 떠도는 삶에서 헤어나지 못했다. 아무튼 모처럼 나타난 형은 대뜸 상당한 액수의 돈을 요구했고, 철민은 형을 만난 반가움 때문에 두말없이 형이 요구하는 대로 돈을 마련해 주었다. 그렇게 한 번 길을 트니 형의 내방은 부쩍 늘었다. 그때마다 돈타령이었다. 일정한 직업이 없이 떠돌며 먹고살자니 돈이 필요했을 것이다. 그러나 철민이 결혼을 하고부터는 형편이 여의치 않았다. 아내의 동의가 필요했기 때문이다.

그렇게 되자 형이 돈을 뜯어 가는 방법이 점점 비열해졌다. 가게를 장만하려니까 빚보증을 서달라는 식이다. 그렇게 보증을 서고 나면 한 달도 안 돼서 빚쟁이가 들이닥쳤다. 그러니 빚은 이미 예전에 진 것이고 돈을 받아 내려고 빚쟁이와 짜고 빚보증을 서게 한 것이다. 그렇게 여러 번 속고 나니 형이 무슨 말을 해도 믿을 수 없었다. 그래서 근래에 들어서는 형이 막무가내로 협박하면 마지못해 몇 푼쯤 보태주는 것으로 끝내곤 했다.

그러니 꼭 1년 전이다. 그에게 형이 죽었다는 부고가 날아왔다. 형이 죽은 후의 뒷감당을 하고 싶은 마음은 조금도 없었지만 그래도 하나뿐인 혈육의 죽음인데 모른 척할 수가 없었다. 그는 부랴부랴 양구의 '해안마을'이란 곳으로 달려갔다. 바다도 없는데 '해안'이란 마을 이름이 이상해서 물어보니 '돼지 해(亥)'에 '편안 안(安)'이란다. 이곳 지형이 높은 산으로 둘러싸인 분지라서 뱀이 많다는 것이다. 그래서

홍성암의 소설론 산책

돼지를 키워야 편안해 지는 마을이라고 해서 그런 이름을 붙였다는 것이다. 돼지가 뱀을 잘 잡아먹는다는 것은 널리 알려진 일이다.

듣고 보니 그럴듯했다. 마을은 마치 진흙땅에 주먹으로 한 방 쥐어박기라도 한 듯 옴폭 파인 분지인데 농토가 비옥해서 곡식이 잘 자랐다. 그리고 분지의 주위로는 험한 산의 능선이 울타리처럼 둘려져 있었다. 워낙 산세가 험해서 온갖 산짐승들이 우글거릴 만했다. 그러니 야생 산짐승들이 먹이가 귀해지면 곡물을 훔쳐먹으려고 분지로 기어들기 마련이었다. 뱀들이라고 예외가 아니었다. 뱀들은 분지에 풍부한 생쥐나, 무논에 사는 개구리를 사냥하려고 또한 마을로 기어들었던 것이다.

해안마을은 휴전선과 바로 연접한 곳이어서 그곳 주민들 외에는 아무나 드나들 수 있는 곳도 아니었다. 마을로 들어가는 입구에는 헌병과 경찰이 합동으로 단속을 벌였다. 그리고 낯이 익은 마을 주민들 외에는 일일이 주민증을 확인했다. 북한의 땅굴이 있는 곳이라 그만큼 경비가 삼엄했던 것이다. 철민은 그런 이상한 곳에 형이 정착하게 된 동기를 도무지 이해할 수 없었다.

하긴 형에 대해서 이해할 수 있는 것이라고는 아무것도 없었다. 형은 새어머니가 들어오고부터 수시로 가출했고 그 이유를 한 번도 말한 적이 없었다. 아버지의 무서운 매에도 불구하고 입을 열지 않았다. 지 에미 귀신이 쐰 거여. 아버지는 그렇게 한숨을 쉬었다. 형은 중학교만 겨우 졸업하고 고등학교는 다니는지 마는지 했다. 그렇게 떠돌다 보니 변변한 직장생활도 하지 못했다. 그래서 나이가 들어서는 먹고는 살아야 하니까 집 짓는 곳에 가서 미장이 일도 거들고 목수 일도 거들었다. 때로는 막품팔이도 했다. 한 번은 목수 노릇하겠다면서 톱이며 대패 같은 공구 일체를 사내라고 해서 거금을 들여 장만해준 적도 있었다. 그러나 그렇게 장만해준 공구를 가지고 목수 일도 제대로 해내는 것 같지가 않았다.

아무튼 그렇게 떠돌던 형이 해안마을에 정착한 것은 군대생활과 관계되지 않을까 하고 추측해볼 뿐이다. 해안마을은 접전지역이어서 이 지역 출신이 아니고는 출입이 자유롭지 않았다. 그리고 여기저기 군부대가 진을 치고 있어서 군사작전이 수시로 진행되는 특수지대였다. 특별한 인연이 아니고는 일반인이 접근하기 어려운 곳이다. 그러니 형이 이곳에 정착하게 된 동기를 군생활과 연관짓지 않을 수 없는 것이다. 그러나 형은 자신의 근황에 대해서는 한마디도 하지 않았기 때문에 그저 추측이나 해 볼 뿐이었다.

철민은 이런저런 생각에 잠기며 부고가 보내어진 주소지를 찾아갔다. 주소지는 우체국 옆의 작은 식당이었다. 그가 작은 식당의 밀창을 열고 얼굴을 디밀자 탁자에서 소주잔을 기울이던 형이 대뜸 반겼다.

"야, 철민이 왔구나."

철민은 피둥피둥 살아있는 형을 보자 어리둥절했다.

"형, 어찌 된 거야. 부고장은?"

"임마. 부고장이라도 보내니까 찾아오지. 그렇지 않으면 이곳에 오기나 할 건가? 아무튼 이 형이 죽지 않고 살아 있으니 좋지? 안 그래? 넌 내 하나뿐인 동생인데."

형은 거침없이 내뱉았다. 웬만한 철면피가 아니고는 부고장을 보고 찾아온 동생에게 이렇게 태연하게 지껄이지는 못할 것이다. 참으로 어이가 없었다. 철민이 쭈빗거리며 서 있자 형이 말했다.

"어서 올라 와라. 네가 지금쯤은 올 때가 되었다 싶어서 널 기다리며 술잔을 기울이던 참이다."

그렇게 되어 철민은 형과 식당에서 소주잔을 대작했다. 몇 잔의 술이 돌자 형이 말했다.

"사실은 말야 돈이 좀 필요해선데."

형이 부고장까지 보내면서 사람을 오라고 할 때야 돈 때문이란 것은 짐작하고도 남았다. 그런데 그 이유가 좀 엉뚱했다.

"내가 장가를 가려고 해선데."

형이 새삼 장가를 가겠다는 말이 도무지 믿어지지 않았다. 돈을 뜯어내려고 이 핑계 저 핑계 다 대다가 이제 장가타령이 나온 것이 아닌가 하는 생각도 들었다. 그런데 얼마의 돈이 왜 필요해서 이런 거짓말까지 하게 되었단 말인가?

"그래선데 이 식당을 세 낼 생각이다. 장가를 들어서도 떠돌이 생활을 할 수는 없지 않니? 네 형수감이 음식 솜씨는 제법이거든. 마침 이 식당이 잘 안 돼서 주인이 세로 내놓으려던 참이라…… 네 신세를 좀 져야겠다는 생각을 한 거다."

형의 말은 그런대로 조리가 있었다. 어떻게든 동생을 설득해야겠다고 나름대로 생각하고 연습한 게 분명했다.

"얼만데?"

"시골 식당이야 얼마 되니? 천만 원쯤이면 돼."

철민은 눈앞이 캄캄했다. 중학교 선생에게 천만 원이란 참으로 거금이었다. 설혹 형에 대한 애정 때문에 그가 승낙한다 하더라도 아내가 동의할 리가 없었다. 거기다 난데없이 결혼이란 게 뭔가? 형은 지금껏 한 번도 제대로 결혼이란 걸 한 적이 없다. 어쩌다 한 여자를 만났는가 싶다가도 서너 달이 못되어서 헤어지곤 했다. 생활력이 없는 남자에게 시집올 여자도 없었겠지만 형도 한 여자에게 지속적인 관심을 보인 적이 없었던 것이다.

"어떤 여잔데?"

"곧 나타날 거야."

그때 밀창이 드르륵 열리며 주방 쪽에서 어떤 여자가 불쑥 얼굴을 내밀었다. 주방에서 방금까지 일을 하던 중이었던지 앞치마를 두른 모습이었다. 철민은 순간 훅 숨을 들이마셨다. 호리호리하고 날씬한 몸매였다. 철민은 이 여자가 바로 그 여자구나 하고 대뜸 알아볼 수 있었다. 어릴 때 돌아간 어머니의 영상이 갑자기 확대되어 나타났기 때문이다.

"이리 와서 인사해요. 서울서 선생질하는 내 동생이야. 내가 늘 말했지. 착한 내 동생은 나와는 다르다고. 나 같은 떠돌이에게 믿을 게 뭐가 있느냐고 당신은 말했지. 여기 동생이 있지 않나. 식당 차릴 천만 원을 선뜻 내놓을 동생이란 말이네. 식당 차릴 능력이라도 되면 청혼을 받아들인다고 하지 않았었나?"

형은 잔뜩 들떠서 그렇게 주워섬겼다. 여자가 잔잔하게 웃으며 철민을 건네다보았다. 형님 말이 모두 맞나요? 여자는 그렇게 묻는 듯했다. 철민은 서둘러 말했다.

"축하합니다. 형님이 이제야 자리를 잡을까 보네요."

철민은 해안마을을 떠나오면서 줄곧 그 여자의 모습을 떠올렸다. 어쩌면 어머니를 그토록 빼닮았을까? 철민은 그 여자를 보는 순간 그동안 잊었던 어머니의 모습이 모두 되살아나는 것을 생생히 느낄 수 있었다. 안개 속에서 몽롱해진 영상이 햇빛과 더불어 또렷해지듯이, 머릿속에서 꿈결처럼 어렴풋하던 기억들이 생생해졌다. 어쩌면 그리 닮았을까? 여자는 어머니의 친동기간 같았다. 아니면 딸이라고 해도 될 정도였다. 형이 그토록 열정을 쏟을 만했다. 조용조용한 말씨며, 잔잔한 웃음, 심지어는 음식 솜씨마저도 그렇게 닮을 수 없었다.

철민이 아내의 불평에도 불구하고 천만 원을 선뜻 빌려준 것은 결국 그 형수에 대한 신뢰였다. 받지 못할 돈이란 것을 알면서도 은행 빚을 냈던 것이다. 그만큼 형수는 철민에게 깊은 인상을 주었다. 형도 그녀와 살림을 차리고는 별 탈 없이 사는 듯싶었다. 그 이후로는 한 번도 동생에게 아쉬운 소리를 하지 않았기 때문이다.

그런데 형은 채 1년도 살지 못하고 갑자기 죽었다. 형수로부터 온 부고였던 것이다.

"간암이었다고 하데요."

형수는 담담하게 말했다. 형은 이미 결혼하기 전에 암이었던 모양이다. 불규칙한 생활과 과도한 음주가 그를 그렇게 만든 모양이었다. 자신의 병을 속이고 결혼을 하다니. 형수를 볼 면목이 없었다. 철민이 그렇게 사과하자

"형 보고 결혼했나요? 시동생 보고 결혼했지요."

형수는 그렇게 말했다. 형과 결혼하기 전에 형수는 이 식당의 종업원으로 일했다. 형은 식당 일을 거드는 형수의 옆을 줄창 맴돌았다. 결혼해 달라고 목을 매었다. 미장이질 같은 막노동으로 겨우 생계나 꾸리는 주제면서도 그녀에 대한 열정은 절대적이었다. 그래 견디다 못해, 누구든 믿을 만한 동기간이 있어서, 한 명이라도 데려오면 결혼해 주겠다고 했던 것인데 생각지도 못했던 시동생이 나타났다는 것이다. 거기에다 식당까지 선뜻 차려주니 빈말로 한 약속이지만 지키지 않을 수 없었다는 것이다.

"착한 사람이었어요. 결혼 후에는 술주정 한 번 없었어요."

형수의 말은 매우 의외였다. 형의 불규칙한 그동안의 생활을 생각

하면 믿기지 않았다.

"그 성미로 보아서 공연히 불끈 할 때도 있었을 텐데요."

"다른 사람들과는 더러 그런 일도 있었던가 봐요. 그렇게 기분이 안 좋아 보이는 날은 제가 술상을 마련해서 대작을 청했지요. 저랑 술 마시면서 모두 풀어버려요 라고요. 그러면 어린애마냥 고분고분해 지지요."

형수는 추억을 더듬듯 먼 산을 바라보며 잔잔히 미소지었다. 그런 모습을 보자 아버지와 대작하셨다는 어머니의 영상이 겹쳐 왔다. 일본 기생처럼 단정한 옷차림으로 남편의 술잔에 술을 따르는 다소곳한 여인상이었다.

"그런데 참 이상한 일도 있지요."

형수는 한참 동안 뜸을 들이더니 나직한 목소리로 속삭이듯 말했다. 죽기 바로 직전이었어요. 어떤 나그네 부부가 들렀어요. 약초 캐는 사람이었어요. 약초를 한 보퉁이씩 배낭처럼 걸머지고 왔었지요. 된장찌개가 맛있다며 밥 한 상을 더 시키데요. 동동주 한 되를 두 부부가 나누어 들고는 늦기 전에 가야겠다며 일어서데요. 안방의 문이 삐끔히 열린 상태여서 환자의 모습이 언뜻 엿보였던지 누구냐고 문데요. 남편이 앓고 있다고 했지요. 무슨 병이냐고 묻길래 간암이라고 했지요. 여자가 혀를 차며 암엔 약이 없다지요. 하며 약초 한 꾸러미를 내놓으며 달여서 먹여 보라고 하더군요. 된장찌개가 너무 맛있어서 거저 주는 거라며. 지성이면 감천이란 말도 있으니 정성을 다 기울여보라고요. 그러자 남편되는 사람이 허, 임자. 간암엔 약이 없다는 걸 뻔히 알면서 그러네. 어서 가기나 해요. 하고 닦달하더라구요.

형수는 눈시울을 적시며 이야기를 계속했다. 약초 캐는 부부가 떠나간 후에 남편이 문데요. 누구냐고요. 약초 캐는 부부라고 했더니 지금

홍성암의 소설론 산책

은 약초 캐는 시기가 지났는데. 하더군요. 듣고 보니 그렇데요. 11월이니 눈발이 날릴 때도 됐잖아요. 남자가 키가 크더냐고 묻길래 당신만큼 크더라고 했지요. 그럼 여자는 당신만큼이나 호리호리했겠네. 남편이 장난삼아 그러기에 듣고 보니 그렇네요. 하고 대답했지요.

약초 캘 시기도 아니고 아무나 산에 들어갈 수 있는 곳도 아닌데…… 남편은 혼잣말처럼 중얼거리더군요. 듣고 보니 그래요. 이곳은 사방에 군사기지가 있고 또 지뢰가 매설되어 있어서 약초를 캐러 산속으로 들어갈 수 있는 곳이 아니거든요. 지금 어디쯤 갔을까? 그렇게 묻길래. 글쎄요. 인제 쪽으로 가는 것 같았는데, 강어귀에 이르렀을까? 그러다가 문득 남편의 관심이 지나치다 싶어서 뭐 궁금한 것 있어요? 가서 불러올까요? 그렇게 물었더니, 아냐, 머리를 흔들고는 글쎄, 내가 따라가는 게 옳겠지. 강은 건넜을까? 그렇게 몇 마디 하더니 그냥 까무룩 혼수상태에 빠지더라고요.

형수는 눈물을 훔쳤다. 죽어가는 그 경황에도 여보. 그동안 고마웠소. 하고 인사를 잊지 않았지요. 착한 사람이지요. 병을 속이고 결혼한 것을 생각하면 괘씸하다가도 나름대로 극진한 사랑 때문에 그랬거니 하고 용서하고 싶어지기도 하고요. 죽은 뒤에 생각하니 그 약초 캐는 부부도 부쩍 의심스럽데요. 전에 그런 나그네를 한 번도 본적이 없거든요.

철민은 형수의 말을 들으며 머리가 어수선해지는 느낌이었다. 아버지와 어머니가 약초 보퉁이를 걸머지고 돌아오던 모습이 불쑥 떠올라서였다. 확실한 기억은 못되지만 몇 번이나 체험한 느낌이기도 했다. 아버지와 어머니의 혼령이 아들을 위해서 잠시 머물렀던 것일까? 그걸 알고 형은 서둘러 그 뒤를 좇은 것일까? 그렇게 생각하니 형이 형수를 만난 것도 어쩌면 평생의 한을 잠시라도 덜어주려는 혼령들의 세심한 배려가 아니었나 하는 생각마저 드는 것이었다. 황당한 이야기도 어떨 때는 절실한 느낌으로 다가올 수 있다. 이번의 경우는 그렇게밖에 설명할 수 없었다.

형수는 형의 유언이라며 화장한 뒤에 뼛가루를 동해 바다에 뿌려 달라고 했다. 어머니의 뼛가루가 뿌려진 곳이 동해 바다란 것을 아는 사람은 철민뿐이었다.

"이곳에서 한계령을 넘으면 바다지요."

형수는 그렇게 말했다. 해안마을에서 바다로 가는 가장 가까운 고개가 한계령이었다. 철민은 따라오겠다는 형수를 뿌리치고 혼자 형의 뼛가루를 안고 한계령을 넘었다. 그리고 가장 가까운 바다 작은 포구로 향했다. 바람이 몹시 거세었다. 방파제에 나가서 뼛가루를 뿌렸다. 어머니의 뼛가루가 뿌려진 그 바다였다. 인간이 태어났다가 사라지는 것은 순식간이다.

푸설푸설 눈발이 쌓이기 시작했다. 서둘러 차를 몰았다. 한계령을 넘자 눈은 폭설로 변했다. 앞을 볼 수 없었다. 여기저기서 순경들이 길목을 막았다. 폭설로 교통이 통제되기 시작한 것이다. 그렇더라도 서둘러 서울까지 가야 했다. 상고로 인한 휴가는 오늘로 끝이었다. 자신 때문에 학생들을 쉬게 할 수는 없었다. 순경들이 막아선 길을 돌아 사잇길로 빠지기를 몇 차례 하다 보니 그만 길을 잃고 말았다. 어둠이 갑자기 다가왔다. 차가 언덕을 넘고 있었다. 헤드라이트가 눈길을 비추었다. 얼마를 달렸을까? 문득 눈발에 가려진 이정표가 눈에 들어왔다.

"여기부터는 해안(亥安)마을입니다. 어서 오십시오."

그러자 형수의 모습이 차창을 가득 메우며 다가오기 시작했다. 어쩌면 잊혀졌던 어머니의 모습인지 모른다.